뉴욕, 삶과사랑의 풍경 2

뉴욕,
삶과 사랑의 풍경 2

| 김명순 에세이 |

선우미디어

머리말

저녁 산책을 마치고, 둥그런 달을 봅니다. 가끔 바라보는 달이지만 조각달이나 별을 보는 것보다 좋습니다.

수필집 『뉴욕, 삶과 사랑의 풍경』을 상재하고, 기쁜 일도 많았지만 어려운 일도 있었습니다. 그때에도 달은 저를 많이 위로해 주었습니다.

"남에게 상처를 주면서까지 인연이나 물질, 명예에 욕심을 부리지 말거라."는 말로 마음의 여유를 갖게 했습니다. 그럴 때의 달은 인자한 어머니나 성인(聖人) 같아서 '그래, 그렇지.' 긍정의 침묵을 배우게 했습니다. 그런데 옳고, 그름을 따지고 싶은 마음은 놓아지지 않아 힘이 들었습니다. 망상과 분별심이 일어나 '바보가 되면 안 돼.'라고 부추겼지요.

그럴 때마다 달님은 '그냥 바보가 되거라.'며 함박 웃어 주었습니다. 그 미소가 참 좋았지요. 그래서 '나는 왜 그렇게 웃을 수 없을까.' 라는 의문으로 미처 연소되지 못한 시간들이 무심(無心)히 흘러가길 바랐습니다.

그러면서 깨달았습니다. 인간이란 의미나 가치가 없는 것인 줄 뻔히 알면서 그것에 매달려 부질없는 시간을 보낼 수도 있다는 것을. 그것이 '나'라는 존재임을 확인하는 순간 커다란 비애를 느꼈습니다. 그래서 달 보고 허허, 웃었답니다.

『뉴욕, 삶과 사랑의 풍경 2』의 출간을 준비하면서 둥그런 달을 닮아 보고 싶었습니다. 청풍명월(淸風明月) 같은 내 마음에 한조각 구름이 어리었다 해도 그것은 영원한 어둠이 아닐 것이니, 희망을 버리지 않으려고 합니다.

인간만사 새옹지마(人間萬事 塞翁之馬)라 하지 않았던가요. 둥근 달님처럼 밝고, 여여(如如)하며, 덤덤하게 일상을 보내다 보면 좋은 일도 생기겠지요. 도(道)를 닦듯 지극 정성으로 글을 쓰면서 마음속에 둥그런 달 하나 떠오르길 기다리려 합니다.

오늘밤도 휘영청 밝은 달이 빈 허공에 떠있습니다. 우주를 비추고, 저를 감싸줍니다. 가슴을 활짝 열고, 그 달빛을 받아 마십니다. 역시 참 좋습니다. 꿈과 소망과 희로애락(喜怒哀樂)의 승화된 염원이 그 달빛 속으로 걸어갑니다.

삼세(三世)의 지중한 인연님들. 남편과 해린, 영우, 이 책이 나오기까지 애써주신 한국수필가협회 정목일 이사장님, 권남희 주간님, 이선우 선생님께 진심으로 감사드립니다.

2009년 11월　뉴욕에서
김명순

김 명 순 에 세 이

뉴욕, 삶과사랑의 풍경 2

| 차례 |

1 삶, 마음의 풍경

2 꿈, 이상의 불꽃

1

삶, 마음의 풍경

마음의 새 1

아침에 일어나 동쪽 창의 덮개를 올리니 건너편 지붕 위에서 새들이 우르르 몰려 허공으로 날아간다. 새들은 눈 깜짝할 사이에 부슬비 속으로 사라지고, 낮게 흐르는 회색구름이 시야에 잡혀 온다.

그 많던 새들은 어디로 갔을까. 안개처럼 사라져 버린 새들의 정체가 아쉬워 마음의 새는 그 뒤를 쫓아 난다. 우주를 향해 끝없는 비상을 하고, 미지의 여행을 떠나며, 지친 날개로 돌아와 생(生)의 한편에 앉는다.

조간신문을 펴들고 '재두루미 무리가 철원군 민통선 들판에 평화롭게 앉아 있다. 천연기념물 203호로 지정된 재두루미는 월동을 위해 시베리아 둥지에서 날아온다.'라는 기사를 사진과 함께 본다. 정든 산천을 두고 떠나왔던 새들의 긴 여정이 보이고, 시련을 이긴 휴식이 신선하게 보이며, 목을 길게 뺀 모습이 그리움에 젖어 있는 듯 고즈넉한 풍경을 이루고 있다. 새들에게도 고향이 있어 마음의 새를 날려 보내고 있나보다.

비행기를 타고 미국으로 날아왔던 한인들이 정착을 하고, 고국을 향해 고개를 돌리며 사는 모습들이 저 새들과 같은 것은 아닐까.

'학식과 덕망을 두루 갖춘 고고한 선비의 모습'이라는 두루미들은 십장생의 하나로 천년을 장수하고, 일생동안 일부일처를 철저히 지킨다 하여, 행복이나 부부애의 상징 새로 알려져 있다. 그러니만큼 고국에 행운을 가져다주는 길조(吉鳥)이기를 빌어 본다.

이민 초, 학군이 좋고, 미국인이 많이 살고 있는 앨버슨으로 이사를 했는데, 아침이면 새 한 마리가 침실 창가의 꽃나무 가지에 놀러 오고는 했다. 붉은 털이 앞가슴을 수북이 덮고 제비 보다는 크고 통통하게 잘생긴 라빈이라는 새였다. 그 새를 보고 하루를 시작할 때면 좋은 친구가 생긴 듯 외롭지 않았고, 유쾌해서 마음의 대화를 나누어 보기도 했다. 지금도 그 새는 잊지 못할 마음의 새가 되어 내 영혼의 둥지 위에 날아와 앉고는 한다.

마음이 답답하고 번다할 때면 푸른 하늘을 날아다니는 새들을 바라보며 마음을 달래는 것은 그 때부터 생긴 버릇일 것이다. 생존에 맞물려 돌아가는 삶이 목을 조일 때마다, 모든 애착에서 벗어나 한 마리 새가 되고 싶다는 부질없는 소망을 마음의 새로 시원하게 날려 보낸다.

　그럴 때면 불현듯 그리움이 솟는다. 바람처럼 스쳐지나왔던 과거의 것들이 되살아나 다가온다. 비행기를 타면 어디든지 금방 갈 수 있다지만 현실적으로 쉬운 일은 아니다. 그러니 마음의 새를 고향으로, 추억으로, 보고 싶은 사람들에게로 무작정 날려 보내는 것이다.

　　날으는 것이 모두 새라면/ 바람에 나는 나뭇잎들이 모두 / 새가 되네요/ 내 마음도 공중을 날아/ 당신에게 갔으므로/ 나도/ 새가 되네요' 라고 읊다가 종장에는 '마음의 새는 새가 아닌 데요/ 기별 없는 새는 새가 아닌데요.

라고 썼던 최정자 시인의 심정과 마주치게 되기도 한다.

　빛은 초속 삼십만 킬로미터로 우주의 지평선을 향해 달리고, 새들은 하루에 여덟 시간 내지 열 시간씩 사백에서 오백 킬로미터씩 날아서 수천, 수만 킬로미터까지 간다고 한다. 하나 내 마음의 새는 그것들보다 훨씬 더 빨리 날 수도 있는데 마음의 새는 새가 아니라 하니 섭섭하다. 육안으로 볼 수 있는 새만이 새라고 하면 더 높이 날아가는 내 마음의 새는 허망하고, 서글픈 새에 불과하지 않은가.

　모친이 외롭게 사시다가 오년 전에 돌아가시게 됨에 마음의 새만 고국으로 자주 날렸던 자신을 질책하며 한동안 가슴을 앓았다. 돌이켜보니 마음의 새를 수없이 날렸던 안타까움 또한 그것대로 의미가 깊었고, 그리움의 탑을 쌓은 심적 교류가 시공을 초월한 경지에 이르렀음에야. 어머니는 내 그리움 속에, 나는 어머니의 따듯한 가슴속에 살며 서로를 달래 주며 지탱해 주지 않았던가.

생애에 단 한번, 종달새나 나이팅게일도 따를 수 없는 아름다운 소리를 내기 위해 날카로운 가시에 찔려 죽어 간다는 가시나무 새. 가장 훌륭한 것은 가장 위대한 고통을 치러야 비로소 얻어지는 인생의 해답이다.

내 온전한 삶 하나를 지키기 위해 나를 죽이며, 그 새의 목숨 거는 흉내라도 내볼 수 있었던 것은 마음의 새라도 부질없이 날려 보낼 수 있어서가 아니었던가.

인생이란 죽는 날까지 장담 못하는 것. 숙성된 인격을 위해 쓰디쓴 인내를 감수해야 한다. 미지수로 남아 있는 세월이지만 온갖 고난을 참고 견디어 새처럼 가벼워져야 하는 것이 아닌가.

인간이 하늘에서 나는 새를 보며 살게 한 것은 새처럼 뼛속까지 비우고 유유자적하는 인생을 살라는 창조주의 배려가 아니겠는가 싶다.

소파에 앉아 나뭇가지 사이를 이리 저리 날며 이파리들을 희롱하는 새들의 몸짓을 본다. 가볍다. 아기자기 속삭이는 사심(私心) 없는 친구들과 놀이를 하고 있는 듯 흥겨워 보인다. 호로롱 호로

롱, 맑은 새의 목소리가 온갖 걱정 근심일랑 노래 소리에 날려
보내고 참 자유인이 되어 날아 보라고 간청하고 있는 듯하다.

하늘과 땅 사이에 숨어 사는 내 마음의 새는 어느새 날개를 펴
고 푸른 창공을 향해 훨훨 날아오른다.

가로등

잠이 오지 않는다. 초저녁에 지인(知人)의 부음(訃音)을 들었던지라 마음이 착잡하다. '이렇게 서있는 시간에도 나는 죽음을 향해 달려가고 있구나.' 하는 상념이 고개를 든다. 밤늦도록 집안을 서성이다가 창밖을 보니 비가 주룩주룩 내리고 있다. 그 빗속에 길 건너 가로등이 처연하게 서있다. 몸과 얼굴로 빗물이 사정없이 흘러내리고 있는데 가로등은 피할 생각도 없는 듯하다.

울적했던 심정 때문이었을까. 가로등이 고독하고 쓸쓸하게 보인다. 나의 슬픔을 대신해서 울어 주고 있는 듯하다. 그런 가로등의 모습을 보고 있자니, 내 심정을 이해하는 친구가 빗줄기 사이로 다정하고 따듯하게 빛을 보내며 위로해 주고 있는 듯하다. '가로등은 장대처럼 왜 항상 저곳에 서있는 것일까?' 하는 물음에 답을 얻은 듯 마음이 밝아졌다.

사람은 누구나 죽는다. 대낮의 작열했던 태양도 어둠에 쫓겨 사라지지 않는가. 인간이 세월에 밀려 지수화풍(地水火風)으로 변하는 것은 당연한데 나는 왜 이렇게 슬퍼하는 것일까. 저 세상으로 떠난 이를 그리워한다고 살아 올 것인가. 그래도 그가 남긴 추억은 내 가슴에 가로등 불빛처럼 남아 있지 않는가. 그렇게 생각하니 마음이 덜 슬펐으나 많은 정을 주고받았던 그 분에 대한 고마움을 다 전하지 못한 것 같아 안타까웠다.

비가 오나, 눈이 오나 오랜 세월 길가에 서서 어둔 길을 밝혀주었던 가로등을 무심하게 지나쳐 왔듯, 주변의 인연들에게도 그랬던 것은 아닐까 뒤돌아 봤다. 인간이 살아가면서 상대방에게서 받은 것만 생각하면 모든 것이 감사로 화한다는데 그러지 못했던 것 같기도 했다. 그래서 '살았을 때 잘하라.'라고 했나 보다. 새삼스레 많은 분들에게서 받았던 사랑이 가로등 불빛처럼 소중하게 반짝이며 내게로 왔다.

모국의 대통령을 지낸 분이 스스로 목숨을 끊었다는 소식이 가슴을 아프게 했다.

인간은 해바라기처럼 죽음을 향해 고개를 돌리며 산다지만, 그런 죽음은 많은 이들에게 슬픔을 넘어 형언할 수 없는 고통을 갖게 한다. 권력의 무상함을 느끼게 되고 비통해진다. 다행인 것은 '삶과 죽음이 자연의 한 조각'이라고 했던 그분의 생사관이라고나 할까.

죽으면서 다시 살아난 사람들의 생이 그리워진다. 위대했던 인생(人生)은 해바라기의 충직성과 우직함을 지녔다. 민족과 인류를 위해 생을 헌신했던 사람들이다. 세종대왕, 이순신 장군, 간디, 슈바이처, 마더 테레사 등의 이름들이 떠올려진다.

자기 가족을 위해 희생하는 것조차 어려운 나 같은 소인에게는 이 분들의 생애가 하늘의 별빛처럼 멀고, 영롱한 것이다. 쳐다보기에도 송구해지는 그분들의 생애는 어둠 속에서도 빛을 발하는 가로등 같다. 그런 분들이 계셨기에 후세대인 우리는 이만큼이나마 행복을 누리고 있는 것이리라.

얼마 전 신문에 보니 반기문 유엔사무총장이 2009년 5월 21일 존스홉킨스 국제관계대학원 졸업식에 참석, 기념축사를 하면서 "공공에 봉사하는 삶보다 고귀한 것은 없습니다."라고 했다. 현시대의 가로등 같은 분의 말씀이어서 잊혀지지 않는다. 그분의 빛이 오래 동안 사라지지 않기를 빌어 본다.

한번 와서 살다가는 인생이지만 바르게 살고 선하게 행동하다 죽는다면 가로등 불빛 같은 거룩한 이는 못 되어도 세상의 욕은 먹지 않을 것 같다. 정직하고, 착하게 사는 것이 비굴하게 얻어진 부귀영화보다 나을 것이라 싶다.

오늘밤도 가로등 불빛은 여여(如如)하게 거리를 비추고 있다. 키가 멀쩡하게 크고 잃어버린 사랑의 열정을 밤의 불빛으로 피워내는 듯한 해바라기 모습으로 미소를 띠우고 있다.

거리에 새벽빛이 깃들면 가로등 불빛은 어디론가 사라져 가고, 사람들은 가로등이 그 자리에 있었는지조차 의식하지 못할 것이다. 그래도 가로등은 이방인처럼 불평 한마디 없이 과묵하게 서서 자기 시간을 기다리고 있을 것이다. 매일 저녁 그 자리를 지키며 자기의 사명을 다할 것이다.

그러면 아침이 희망처럼 오고 해가 다시 떠오를 때 죽음 속에 생명을 키우는 가로등은 소리치리라. '영원히 산다는 것에 대해서.'

자기 사랑의 길

벽에 함석헌 선생의 시, 「그대는 그런 사람을 가졌는가」를 붙여 놓고 읊조려 본다.

만리 길 나서는 길
처자를 내맡기며
맘 놓고 갈 만한 사람
그 사람을 그대는 가졌는가

온 세상이 다 나를 버려
마음이 외로울 때에도
'저 맘이야 하고 믿어지는
그 사람을 그대는 가졌는가

탔던 배 꺼지는 시간

구명대 서로 사양하며

"너만은 제발 살아다오" 할

그 사람을 그대는 가졌는가

불의의 사형장에서

"다 죽어도 너희 세상 빛을 위해

저만은 살려 두거라" 일러 줄

그 사람을 그대는 가졌는가

잊지 못할 이 세상을 놓고 떠나려 할 때

"저 하나 있으니" 하며

빙긋이 웃고 눈을 감을

그 사람을 그대는 가졌는가

온 세상의 찬성보다도

"아니" 하고 가만히 머리 흔들 그 한 얼굴 생각에

알뜰한 유혹을 물리치게 되는

그 사람을 그대는 가졌는가

사랑 중에서 가장 힘든 게 '자기 사랑'이라고 한다. 지난해 가을 한국을 방문히여 초등학교, 어학교시절 친구들을 많이 만났다. 세월의 물결이 30년이 넘게 흘렀는데도 내 옛날 모습을 잊지 않고 말해 주거나 두 손을 꼭 잡아 주며 반가워하던 친구들. 그들과 함께 있으면서 청순함과 순수함이 금광처럼 묻혀있던 옛 시절들을 떠올리며 행복해 했다.

나도 한국에서 살았다면 지금쯤 함석헌 선생의 '그런 사람'을 한둘쯤은 갖게 되었을까. 그러면서 반성을 했다. 남에게 그런 사람이 되어 주지 못한 내가 그런 사람을 갖기를 희망하다니 욕심이 지나치다 싶었다.

척박하고 고달픈 이민 생활 속에서 속마음을 나눌 친구들이 없다는 것은 불행이다. 서로의 마음을 활짝 열어 보이지 못하고 맑은 유리창을 사이에 두고 지내야 하는 관계에서는 더 큰 고독과 외로움이 반사되어 눈부신 슬픔으로 다가올 때가 있다. 진실로 나를 사랑해줄 친구가 있다면 좋은 조언자가 되어 줄 것이고, 아픔도 어루만져 줄 것인데 그런 친구가 없다면 자신과 친해져야 한다.

자신을 투명하게 바라보는 '자기'라는 거울을 갖는다면 조금은 괜찮지 않을까. 감정은 현재만을 보고, 이성은 미래와 시간의 전체를 본다고 한다. 내 안에서 출렁이는 감정들을 관조해 보고, 그 마음을 달래주고, 어루만져 주고, 칭찬하며, 꾸중하는 자기 관리 도표를 만들어 훤하게 비춰 보며 사는 것이다. 잘한 일이 있다면 자랑스러울 것이고, 잘못한 일이 있다면 흉하게 보일 것이다.

헤르만 헤세는 그의 저서 『데미안』에서 '사람마다 참된 천직은 하나, 자기 자신에게 도달하는 길을 찾는 것뿐이다. 각성한 사람으로서의 의무는 단 한 가지. 길이 어디로 통하는가를 상관치 말고, 자기 자신의 길을 찾고 탐구하는 각오를 단단히 굳혀 전진하는 일이다'라고 해서 크게 공감을 했다.

새해가 다가올 때마다 그 일을 실천해 보고자 했으나 쉽지는 않았다. 내가 가진 단점들을 냉정하게 찾아서 가혹하게 도려내야 되는데 적당히 넘어가 주고 싶은 마음의 유혹에 끌려 허사가 되고 마는 것이었다. 남에게는 관대하고, 자신에게는 엄격할 수 있는 자기를 스승삼아 자기를 가르친다는 것은 자기를 진정으로 사랑하는 길이 될 텐데 쉽지가 않았다.

그럴 때면 내 어머니가 나를 낳을 때 산고의 고통이 얼마였으며, 나를 귀하고 소중하게 키워 세상에 보낼 때 그 자랑이 얼마였으며, 내가 가족을 사랑함이 얼마였던가. 나를 아끼고 사랑해준 사람들의 정성은 어떠했던가를 되새기면서 마음을 다잡아 보고는 한다. 내가 내 것이 아니라는 것이 드러나게 되면, 내 자신에 대한 책임이 깊이 느껴지게 되는 것이었다.

함석헌 선생의 '그런 사람'을 갖지 못한 나는 위의 생각들을 상기하며 살아 보려고 한다. 내가 나를 함부로 해서는 안 되는 이유들이 더 많겠지만 밝은 햇살이 온 우주를 환하게 비추는 한 점에서서 결심을 굳게 흡입해 본다.

아침 산책

하늘의 푸르름과 지상의 모든 것들이 숨죽인 새벽, 산책로를 베이테라스 쇼핑센터로 정해서 간다. 낮의 얼굴과 이른 아침 풍경이 전혀 다른, 생소한 느낌으로 일상을 탈출하고, 평소와는 다른 정경을 음미하며 새로운 힘을 얻게 된다.

203가에서 출발하여 패랭이꽃 가득 핀 코너 집을 지나 자연의 정취를 들이마시고, 잃어버린 감성을 되찾는다. 스프링클러에서 시원하게 뿜어 나오는 물줄기들이 이른 아침을 찬양하고 초록으로 넘실거리는 가로수 길이 상쾌하다. 잘 가꾸어진 이웃 집 정원의 나무들과 꽃들은 내게 무상(無償)으로 행복을 베푸는 선행을 하여 큰 덕(德)을 보인다. 은혜가 대단하고, 잠시나마 성인의 어진 마음이 내 마음 같다.

차들의 소음이 사라진 동쪽 길을 걷다가 클리어뷰 익스프레스

웨이 표지판과 '안녕'이라는 미소를 교환한다.

다리 아래의 고속도로에는 차들이 다 사라져 보이지 않는다. 외계의 어느 곳에 불시착 해버린 느낌이다. 넋 놓고, 그 광경을 바라보고 있노라니 내 등 뒤의 신호등이 등을 떠밀며 '어서 가라' 독촉을 한다.

거리의 참새들은 차도를 저희들의 놀이터로 만들고 쩍쩍거린다. 길가 녹음 속의 새들은 찌르르, 꼬르륵, 청아한 목소리로 나뭇잎에 숨어 답례를 한다. 아침 소리 무늬 합창단이 새아침을 창조하는 신(神)의 음률이 울려 퍼진다.

26가를 5분쯤 걷다가 우체국 앞에 서면 닫힌 유리문 사이로 안이 훤히 들여다보인다. 오가는 소식들이 그 속에서 잠자고 있다. 천정 코너에서 FM 음악이 '유 갓미, 유—유—, 유 빌리브 미—.'라며 귀를 간질인다. 천사의 부드러운 음성이다.

볼 때마다 정장에 넥타이까지 매고 있는 베지닝스 드라이 클리너 주인은 동양인인데 한국인일 것 같다. 일하기에 불편한 복장이나 특별하고, 품위를 느끼게 하여 다행이다. 말간 유리창 너머로 수선용 미싱이 한 대, 메로 2대가 가게를 천연덕스럽게 지키고 있는 것이 보인다. 주인의 옷차림만큼이나 바느질 용품들이 단정히 놓여있다.

그 가게 옆의 콘크리트 계단을 내려가면 거기에 나무 의자가 두 개, 앞쪽으로 베이테라스 쇼핑센터 지도가 나를 마주 보며 반가워한다. 그 앞에서 단 몇 분 만에 그 넓은 월밤, 빅토리아 씨크 릿, 익스프레스, 갭, 아웃백, 애플 비스 로프트, 치코, 체이스 뱅크 등등을 한눈에 다 돌아보고, 초등학교 운동장처럼 넓은 파킹장을 냅다 가로질러 달려본다. 동심으로 돌아가 그 시절의 그리움을 안는다. 삶의 부대낌에 움츠려든 심장의 박동 소리가 크게 들리고, 세상이 광활하다.

재미있는 것은 이곳 쇼핑센터 안의 마네킹들은 얼굴이 아예 없거나 반쪽 얼굴을 하고 있거나 턱 부분만 있다는 것이다. 백인, 흑인, 유색인종들의 얼굴 색깔과 머리카락이 비교되지 않는 평등 세계다. 다민족 문화를 포용하여 선도하고 있는 그 자유스러움이 좋다. 그것들 앞에서 나는 내 나름대로 노랑머리, 검은 머리, 생머리, 파마머리들을 성의 있게 얹어 주고 기쁜 마음으로 떠난다.

월밤 수퍼 마켓은 다른 수퍼마켓에서 볼 수 없는 특이한 장치를 카트에 부착해 연결해 놓았다. 처음 그곳에 갔었을 때 25전짜리(쿼러)가 없어 카트를 사용하지 못했던 경험은 작은 동전 한 개의 사실적 가치를 실감나게 했었다.

내가 이곳에서 가장 좋아하는 곳은 반스 앤 나블(Barnes & Noble)이다. 안에는 종류별로 나열된 책들과 할인 판매하는 책들이 엄청나게 많다. 영문 책자는 집에 사가지고 가도 완독을 하지 못할 때가 많아 바닥에 쭈그리고 앉아 몇 시간이고, 책을 읽은 적이 있었다. 운이 좋으면 책방의 한쪽 구석을 차지하고 있는 스타벅

스의 의자를 차지할 수도 있으나 그 행운은 좀처럼 내게 오지 않았다. 그 테이블 몇 개는 항상 노인들의 전용이다. 다행히 엉덩이를 붙일 만한 플라스틱 의자라도 찾게 되면 진한 커피 향을 맡으며 책을 읽는 재미가 쏠쏠했다. 요즘 서점 안의 벽화로 핏츠제랄드가 쓴 위대한 개츠비의 주인공들 세 명이 그려져 있다. 그 작품에 대한 흥미가 새로워졌다.

유리창 너머로 전시된 책 제목들을 훑어보고 있는데 저쪽에서 경비원차가 다가온다. 조그만 동양 여자가 이른 아침부터 책방 앞에서 서성거리니 신경이 쓰였나보다. 나는 마주 쳐다보며 "부디 나의 아침산책을 방해하지 말아 주세요." 라는 시선을 보낸다. 슬그머니 사라지는 흑인 경비원이 고맙다.

이른 아침 생수 한 잔을 마신 듯 싱그럽고, 자연과의 합일이 신선(神仙)의 새 날을 맞이하게 해준다.

목련의 봄

추운 겨울을 견디고 봄을 기다리는 그리움이 목련 꽃봉오리가 된 듯하다.

계획했던 이사를 가면 목련들과도 이별이려니 싶어 앞뜰의 목련을 자주 쳐다보게 된다.

봄이면 제일 먼저 마음을 열어 환희로운 기쁨을 안겨 주던 목련의 개화가 아무래도 올 봄엔 늦어질 것만 같다. 겨울잠을 자던 개구리가 깨어나고, 초목이 싹트기 시작하는 경칩(驚蟄)이 가까운데 하늘에서 하얀 눈이 하늘거리며 내리고, 뾰족이 내민 목련 꽃망울은 입술을 움츠린다. 다음날엔 폭설이 내려 목련을 덮어 버렸고, 바람은 목련가지를 인정사정없이 흔들어대며 괴롭혔다.

꽃향기를 내뿜어 계절의 운치를 음미해주는 목련의 시련은 잎보다 먼저 탄생하는 꽃의 운명이려니 싶다. 여섯 장의 꽃잎에 사랑과 생명을 고이 간직하고 피어나는 목련의 고사가 떠오른다.

하늘나라의 공주가 북쪽 바다신을 사모했으나 그에게는 아내가 있었다. 이루어질 수 없는 사랑에 애 태우던 공주는 바다에 몸을 던졌다. 바다신은 공주의 사랑에 감동하여 넋이라도 달래주려고 공주의 시신을 잘 묻어 주었다. 아내에게는 영원히 잠자는 약을 먹여 그 옆에 묻고, 평생 혼자 살았다. 이 사실을 알게 된 하늘의 왕은 두 사람을 불쌍히 여겨 공주의 무덤에서는 흰 꽃이, 부인의 무덤에서는 자줏빛 꽃을 피게 하였으니 백목련과 자목련이라고 한다.

사랑의 슬픔이 꽃송이마다 배어 있는 느낌을 갖게 한다.

3·1절 날, 결혼 30주년 기념으로 망원경을 하나 샀다. 잠자던 미녀처럼 겨울잠에서 깨어날 목련의 자태를 진지하게 바라보고 싶어서였다. 목련은 한 가지에 단 하나의 꽃봉오리가 붓끝 모양으로 도도하게 맺혀있음을 보게 된다. 죽어서도 바다신을 그리워하는지 북쪽으로 전부 고개를 돌리고 있으니 신기하다. 새끼손가락처럼 매달려있는 꽃망울들은 찬바람에 숨도 제대로 쉬지 못하고 있는 듯 안쓰럽다.

불경기란 한파가 사람들의 생존을 위협하는 것처럼 봄날의 해후를 방해하는 훼방꾼의 심술이 며칠 동안이나 계속된다. 늦가을 꽃봉오리를 완성해서, 보드라운 회갈색 솜털로 감싸 겨울을 견딘다고는 하나 봄기운을 기다리는 목련의 시련은 쉬 끝날 것 같지 않다. 꽃망울이 얼어붙거나 가지에서 떨어져 나가는 슬픔이 있을 것 같다.

잘 달리는 마라톤 선수일지라도 중간에 넘어져 포기하면 결승 전에 이르지 못하게 되니 허망하다.

그렇듯 삶을 중간에서 포기하는 사람들의 기사를 보면 가슴이 아프다. 오죽했으면 스스로 목숨을 끊었을까 싶기도 하다. 하나 모진 세파를 견디지 못한 생명의 유한성에 안타까움을 느끼게 된다.

목련처럼 겨울을 지나고, 꽃이 피는 봄이 오리라는 희망으로 참고 견디라고 권유하고 싶다.

인터넷에 들어가니 목련화(木蓮花)를 신이화(辛夷花)라고도 하며 비염에 좋다고 한다. 바짝 말린 목련꽃 봉오리를 후라이팬에 노르스름하게 잘 볶아 냄비에 넣고 물을 붓고 끓여 하루 2~3회 나누어 마시면 효험이 있단다.

그것을 알게 된 것은 목련이나 나에게도 불행이다. 고질병처럼 알레르기성 비염을 간직하고 있는 남편에게 목련차를 먹이고 싶어지니 말이다.

인간의 사랑이란 게 얼마나 이기적인가. 고고하게 피어나는 목련꽃이 피어나길 고대하면서 유익을 취하려 하다니 미안하기 짝이 없다. 자연에의 사랑, 숭고한 정신, 은혜 등의 꽃말이 상황에 따라 변하는 건 사랑이 아니라고 말해 주는 듯하다.

망원경으로 꽃봉오리들의 슬픔이 크게 확대되어 다가온다. 나무에 피는 연꽃이라 해서 청초함의 상징 꽃이 된 목련(木蓮)에게 시 한 수를 지어 올려 용서를 받아 보면 어떨까.

망설이는 날들이 지난다. 목련의 시린 목이 내 손에 잘려 나가는 광경이 어른거린다. 예쁜 자목련 꽃봉오리가 피고 말면 다음 해를 기약해야 하는데…….

목련화를 기다리는 이 봄이 갈등으로 일렁인다.

하얀색의 신비

아지랑이 같은 희망을 꿈꾸던 일곱 살 나이로 되돌아가 본다. 하얀색의 신비에 염원을 담았던 믿음이 뿌리를 굳게 내리던 시절이었다.

처음으로 병원에 갔었다. 의사와 간호사들이 하얀 모자, 하얀 가운, 하얀 신발을 신고 하얀 침대가 놓여있는 하얀 벽의 병실을 들락거리며 아버지를 간호하고 있었다.

'아버지는 곧 낳으실 거야.' 어머니는 희망어린 눈빛으로 진지하게 말씀해 주셨다. 나는 그 때 '흰색은 천사들이 입는 좋은 색깔이다.'는 인식을 깊이 해버렸던 것 같다.

임종이었나 보다. 하얀 천이 아버지의 온몸과 얼굴을 덮고 있었다. 그때도 나는 흰색에 대한 믿음으로, '병을 낳게 하기 위한 하얀 치료법이야.'라는 것으로 희망을 버리지 않았다.

하얀 꽃상여가 '어여 둥둥' 지상을 떠난 뒤에야 동네 친구들이 "네 아버지 죽었어."라며 한심해 했고, 나는 정말 바보가 되어 버린 듯 울지 못했다.

그 뒤로 죽음은 언제나 하얀 모포 위에서 하얀 파도로 출렁이며 내게로 왔다. 그럴 때면 아버지를 허무하게 보내버린 상념에 젖어든 나는 한바탕 울고 싶어졌으나 울지 않았다.

흰색의 비의(秘義)에 우치(愚癡)해졌던 억울함을 눈물로 긍정해 가벼워지고 싶진 않았다. 허나 흰색이 주던 환상적 신비나 엉뚱했던 상상력에 대한 혼란, 부친에 대한 그리움은 히말라야의 설산에 찍힌 하얀 발자국의 수수께끼처럼 부옇게 다가오는 것을 어쩌지 못했다.

어머니는 오랫동안 고쟁이까지 하얀색 일색으로 흰 옷만 입고 계셨다. 단정하게 옷매무새를 갖추고 아버지의 영정 앞에 정화수를 올리던 어머니는 그리스 신전의 제사장처럼 경건했다. 아마 어머니는 치성(致誠)을 드리면서 아버지의 부활을 꿈꾸고 계셨던 것은 아니었을까. 한 여인이 견디기에는 너무 무거워 하늘과 땅이 하얗게 맞닿아 버렸다던 암흑의 슬픔이 하얀색을 수호(守護)하는 것만으로 감당이 되었을까.

어머니가 흰옷을 입고 외출할 때면 동네 사람들은 "얼마나 애통하십니까?"라며 고개 숙여 경의를 표했다. 고통의 바다에 숨어 있던 소설 『흰 고래』(허만 멜빌)의 모비 딕이 하얀 물줄기를 내

뽐으며 나타난 듯 사람들은 경직하여 소복 입은 여인에게 자비의 눈길을 보내었다. 성스럽고 맑은 품성을 지닌 성의(聖衣) 같은 흰색으로 몸을 감고, 정절의 끈을 놓지 않았던 어머니는 딸 여섯을 온전하게 키워 주셨다. 참 장한 일이었다. 아마 어머니의 하얀 옷이 희망이란 부적을 숨겨 어머니를 강하게 지탱해 주었을 것이라 믿는다면 억지일까.

어머니를 한 마리 학처럼 고아(高雅)하게 우러러 보며 자랐던 나는 어머니의 하얀 자태를 떠올릴 때면, 아툼(Atum)이 사정한 흰색의 정액에 의해 이 세상이 시작되었다고 믿었던 이집트인들이나, 하얀색은 깨달음을 향해 올라가는 '세계의 중심에 있다는 수미산의 빛깔'이라고 믿었던 티베트인들처럼, 흰색을 신이 선택한 최고의 색깔이라고 믿는다.

고행을 넘어섰던 신라 최초의 불교 순교자, 이차돈의 목에서 흘렀다던 하얀 피가 어머니의 몸속에도 흐르고 있지는 않았을까. 영과 육이 인간의 본능적 욕망 앞에서 꿈틀거림을 멈추고 하얀색의 꿈으로 돌아날 때 신(神)은 그 몸속에 하얀 피를 수혈해 준다는 의미를 지닌 것은 아닐까. 그래야 하얀색이 인간을 신의 영지(靈地)로 주재하는 힘을 지녔다고 말할 수 있을 그 지선(至善)의 경지가 궁금해진다.

종교 회화나 만다라(Mandala)에서조차 가장 순수한 빛의 색으로 하얀 공간을 의도적으로 비워(虛) 상생을 희구한다는 색. 그 흰 색깔의 기도복을 한 벌 해 입고 싶다. 내 힘은 미약하지만 세계 평화를 위해, 죄 없는 생명들이 전쟁터에서 가치 없는 피를 흘리지 않도록 하얀색의 숙연함으로 빌어 보고 싶다.

죽음조차 희망의 믿음으로 바꿔주던 하얀색의 신비가, 그 안에 지닌 초월적 힘과 의지가, 이 우주의 만생령(萬生靈)을 살려 주고 이 땅의 혼탁함을 정화시켜 줄 수 있는 위력을 베풀 수 있는 있을 것이라는 기대를 한다.

그것이 인류를 위해 줄 수 있는 내 작은 희원이 될지라도 나는 흰색에 대한 믿음을 희망처럼 간직하고 싶다.

분홍색 우산

여름을 부르는 단비가 정오를 지나자 내리기 시작했다. 연둣빛 잎새들이 초록으로 물들어 가는 계절에 운치를 더해주는 날씨였다. 이런 날 오후에 문단의 선배와 만나기로 한 것은 잘 한 것 같았고 기대가 됐다.

'아침 일찍 플러싱에 나와서 볼 일이 있다.'고 했던 그분과의 전화 통화 내용이 떠올랐다. 검은 우산을 한 개 더 가방 속에 챙겨 넣다가 분홍색 우산이 생각났다.

옷장 속에 넣어둔 그 우산은 몇 주 전에 메이시 백화점에 갔다가 산 것이었다. 화장품 코너에서 젊은 백인 여성이 그 우산을 펴들고 이리저리 보고 있는데 분홍색이 선명하여 하얀 얼굴에 잘 어울렸다.

'저 우산을 받고 데이트를 하면 멋지겠구나.' 하는 상상을 하며 돌아서는데 영화「쉘부르의 우산」속에 나오는 장면들이 눈앞에 펼쳐졌다. 인상 깊었던 명화여서 최근에 DVD로 나온 걸 다시 감상하였으므로, 여러 색깔의 우산들이 벌이는 향연이 생생하게 다가왔다. 그 우산들 중에 분홍색 우산이 없어서였을까. 주인공들의 사랑은 핑크빛 해피엔딩이 못되었고, 진실하게 피어올랐던 사랑은 현실이라는 잿빛 우산에 가려 우중충했다.

결혼예복 속에 받쳐 입었던 실크 블라우스는 내가 최초로 입게 된 분홍색이었다. 사랑과 행복을 가져다 줄 거라는 주변 사람들의 권유로 그 색깔을 선택했다. 그 뒤로 그 옷 색깔만큼 고운 핑크색을 발견하지 못했는데 그 우산이 마음을 끌었다. 보통 5불 정도면 살 수 있는 우산을 30불이나 주고 샀으나 아깝지 않았다.

좋아하는 사람과 그 우산을 받고 걷고 싶다는 은밀함을 간직한 채 혼자만의 낭만을 즐겼다. 그럴 때면 분홍 진달래꽃 위에서 분홍색 나비가 팔랑팔랑 춤을 추며 내게로 오는 환상적 유쾌함이 울적했던 기분을 몰아내 주었다.

그런 즐거움을 남편과 나누고 싶어 한 번은 분홍색 우산을 펴 보이며 "언제 우리 이 우산 받고 데이트하면 어때?" 했더니 "이봐요, 김 여사, 나이를 생각하세요. 딸이 시집갈 나이네요."라며 농담처럼 가볍게 웃어 넘겼다. "재미없기는…" 무안해진 나는 속으로 중얼거리며 그 우산을 아예 딸에게 주어 버리자는 결심을 했다. 그것도 남자 친구가 생기면 선물로 주기로 하고 자개 옷장

깊숙이에 넣어 두었다.

그런 사연이 있는 우산을 허둥지둥 찾아내어 검정 우산과 바꿔 들고 약속 장소에 나갔으나 정작 망설여졌다. 비도 그쳤는지라 예순이 넘은 그분에게 핑크색 우산을 드리면 어떤 얼굴을 하실까. 몸이 건강하지 않은 분의 신경을 거슬리게 되는 것은 아닐까. 여러 가지 국면을 헤아려 보다가 헤어질 때쯤에야 그 우산을 슬며시 내밀었다. 그분은 의외로 핑크색 우산을 보자 밝은 표정으로 웃으셨다. 나는 안도의 기분이 되어 "우울할 때 이 핑크색 우산을 보면 기분이 좋아지실 거예요."라며 의기양양해졌다.

소중하게 간직했던 귀중품을 아낌없이 드렸다는 내 충만함을 그분은 짐작하셨을까. 어쩌면 손녀딸과 방안에서 그 우산을 받고 '분홍 우산, 파란 우산, 찢어진 우산'이라는 동요를 같이 부르실 지도 모를 정경을 그려보며 미소 지었다.

어떤 모임에서 내가 차츰 핑크색이 좋아진다고 했더니 한 사람은 '늙어가는 징조'라 했고, 한 사람은 '나이를 먹으면서 동심으로 돌아가는 것이라.' 했다. 핑크색의 순수함과 다정함이 노후의 향기가 되면 좋을 것 같았다.

핑크색 나이에 다가섰다면 핑크색 바바리를 걸치고 핑크색 우산을 받고 거리를 활보해 보는 것도 격에 맞고 조화로울 것 같다. 혼자면 어떠랴. 인간은 홀로 왔다 홀로 가는 존재가 아니던가. 분홍색 우산 속에 피어나는 꽃분홍 향내가 세상을 더 좋고 더 아름다운 곳으로 변화시켜 준다면 더 바랄 게 무엇이랴.

내주쯤에 다시 그 핑크색 우산을 사러 백화점에 가보려 한다. 이번에는 우산을 몇 개 더 사오고 싶다.

2
꿈, 이상의 불꽃

님

　미 동부 한국문인협회 하운 시인님은 『뉴욕, 삶과 사랑의 풍경
』의 출판기념회에서 「님」이란 제목으로 축시를 써서 낭독해 주
셨다. '님'은 내가 좋아하는 글자이고, 내가 사랑하는 '님'이다. 이
시를 읊조리다 보면 그런 좋은 님들이 떠오른다.

　　고향마을 지키는

　　팽나무의 초록색 열매를

　　꿈꾸듯 바라보던

　　소녀가

　　카프카의 영상 하나 안고

　　태평양을 건너 여인이 되었다

　　님을 잉태하였다

동강 따라 즐비한 마천루는

마을 앞 강변의 미루나무.

님이고 싶다, 항시 님을

부르고 싶은 여인

세상으로 거듭나고 거듭난다.

맨해튼의 정취에 마음 앗겨

불사조로 비상하는 여인아

플러싱을 가슴에 안고

베이사이드 그리고 긴-섬을

어루만지며 삶을 꾸린다.

95번 도로는 꿈의 불씨를

지키는 바람길

바람이고 싶다, 바람이라고

부르고 싶다.

세상을 아울러 이고 지고

자연으로 가는 여인아

사랑의 허상을 벗기는 님아

빅 애플은 님의 붉은 가슴

초록의 열매 모두가 님이다

소녀의 꿈은 익어만 간다.

내가 좋아하는 시들을 쓰신 한용운 시인님께서는 '님은 갔습니다./ 아아, 사랑하는 나의님은 갔습니다./ 푸른 산 빛을 깨치고 단풍 나무 숲을 향하여 난 작은 길을 걸어서 차마 떨치고 갔습니다.'라고 읊고 있다. 허나 내 마음속의 님들은 떠나지 않았고, 내가 그립고, 보고 싶다 하면 언제나 내 앞에 마주 서준다.

그런 님들을 사랑하는 마음으로 글을 쓰고, 그리움으로 영혼을 적신다.

어린 시절의 향수를 느끼며

난옥은 불굴의 의지를 가진 내 친구입니다. 가난과 슬픔 속에서도 굴하지 않는 용기 있는 사람입니다. 일등으로 여고를 졸업하고도 대학에 갈 수 없었던 그 친구는 내 어린 여동생을 보듯, 가슴을 아프게 했습니다. 그러나 세상일에 도통 관심이 없어졌던 내게 그 친구가 있어 위로가 됐습니다.

내 앞에서 초등학교 교사자격증과 5급 공무원 시험에 당당히 합격하는 모습을 보여줘 자신의 가치를 인정하게 했던 당찬 친구였습니다. 그러면서도 공부를 포기하지 않았고, 일과 가정도 잘 지켜냈습니다.

지금은 신문의 인사란에 이름이 오르내리는 서울시의 당당한 3급 공무원이고, 박사학위에 도전하고 있는 자랑스런 친구입니다.

부자친구, 학벌 좋은 친구들도 많지만 나는 굳이 그 친구에게 축하말을 부탁했습니다. 그녀는 내 어린 시절의 앨범 같은 존재이기 때문입니다. 그 친구는 글 쓰는 솜씨, 언변술도 뛰어남을 다시 보여 주었습니다.

저는 엊그제 친구 김명순 여사의 글, 「어머니의 기도」를 읽고 눈시울을 붉혔습니다. 아니 눈물을 흘렸습니다. 이국의 하늘을 바라보며 어머니를 떠올리는 명순의 모습은 바로 우리의 어린 시절의 향수를 느끼게 했기 때문이었습니다.

돌이켜 보면 우리 사회 전체가 민주화에 대한 열망으로 들끓던 80년의 어느 날, 친구 명순은 낯선 땅 미국으로 사랑하는 사람을 따라 청운의 꿈을 안고 떠났습니다.

우리는 서로의 삶에 열중하며 오랜 세월을 보낸 후, 친구 김명순은 귀여운 딸, 아들과 함께 96년쯤에 마술처럼 등장해 주었고, 그때의 모습에 우리는 많이 안도했습니다. 그 첫째 이유는 미국이라는 낯선 사회에 친구 김명순이 안정적으로 뿌리 내린 것을 느꼈기 때문입니다. 다음으로 더욱 우리를 안심시킨 것은 여학교 시절 양 갈래로 땋아 내린 긴 머리의 소녀가 그 모습을 그대로 간직하고 있었기 때문이었습니다.

꿈 많던 여학교 시절, 우리 친구 모두는 김명순을 좋아 했습니다. 먼저 그 당당함과 세련됨을 사랑했습니다. 양 갈래로 땋아 내린 긴 머리카락과 당찬 시선으로 허공에 초점을 맞추고, 속세의 어지러움에는 무관심한 듯 반듯한 걸음걸이로 긴 복도를 또박 또박 걸어 들어오던 중학교 신입생의 모습은 그 또래 친구들과는 구분되는 독특함으로 아직까지 우리들의 마음속에 또렷하게 기억되고 있습니다. 시간이 지나면서 그 독특한 느낌은 친구들의 신뢰감으로 변하여 여학교 6년간 내내 실장이라고 하는 책임을 지워 주었고, 아예 실장 명순이라는 애칭으로 불렀습니다. 꿈 많고 말 많던 사춘기 가시내들의 평안한 일상과 추억의 페이지를 장식한 특별한 행사들의 뒤켠에는 실장 김명순의 다정한 배려와 때로는 엄마 같은 엄격함으로 이끌었던 강한 리더쉽이 있었음을 모두 알고 있습니다.

여학교 시절, 문학을 사랑하고 글짓기를 좋아하던 친구 김명순은 어머니날 글짓기 대회에서 장원을 하기도 했었습니다.

오늘 낯선 땅에서 자신을 지키고 키워낸 사랑의 결정체『뉴욕, 삶과 사랑의 풍경』을 우리 친구들에게 선물하는 자리를 만들어 준 것에 대하여 무척 감사하게 생각하며, 끝까지 친구들의 기대에 부응해 준 김명순 여사에게 찬사와 존경을 보냅니다. 또한 낯선 땅에서 개척자의 모습으로 삶을 이끌어 오면서도 아내를 지극히 사랑하여 한 점 훼손 없이 문학의 꿈을 키울 수 있도록 배려해 주신 부군 김승태 선생님과 가족들에게도 같은 찬사를 보냅니다.

하늘과 들과 산과 그 사이에 맑고 투명한 공기만이 가득했던 고향의 정서를 온전하게 보존한 채 이국의 하늘아래에서 문학의 꿈을 이

어온 친구. 진실을 추구하고, 높은 이상을 향한 비상의 꿈을 꾸는 여사
가 우리의 진정한 벗임을 무척 자랑스럽게 생각합니다.

오늘을 계기로 문학과 삶이 더욱 성숙될 것을 우리 친구 모두는 기
대하며, 마음을 모아 끝없이 성원하고, 더욱 아름다운 성숙과 정진을
기원합니다.

미국 대학에서 배운 것

1980년, 처음 미국에 와서는 '커케이전' 또는 '화이트'라고 해서 얼굴이 흰 백인들은 모두 영어를 잘하고, 이 나라의 주인들이라고 생각했다. 그래서 그런지 그들 앞에 서면 이상하게 주눅이 들고는 했다. 더욱이 이민 초기에는 시가지를 걸으면서도 앵글로색슨계만 '진짜 백인'이라 하고, 타 인종 지배를 당연시하는 백인 우월주의자들안 KKK(Ku Klux Klan)단원들의 표적이 되지 않을까 불안했던 적도 많았다. 지레 겁을 집어 먹었던 것 같다.

미국의 대학교를 다니면서 미국 역사와 문화를 배우며 많은 것을 알게 됐다. 미국에 사는 사람들은 모두 이민자들의 후예들이라는 공통분모를 갖고 있다는 것이었다. 그러니 구태여 그런 열등감을 느끼며 살 필요가 없다는 생각을 했다. 그들도 처음에는 우리 민족보다 더 험한 일을 많이 했고, 엄청난 고생들을 하며 기반을 닦았던 것이다. 그러다 보니 피부색깔에 대한 선입견, 거부감이 점점 없어졌다.

물론 자기 이외의 다른 것에 관대해지기 위해서는 이해라는 다리가 필요한데, 그 다리는 많이 보고, 많이 듣고, 많이 접촉함으로써 친밀하게 얻어지는 것임을 비싼 학비와 노력을 대고서야 알았다. 여러 민족의 친구들과 어울리면서 인종차별이라는 나 스스로의 열등감과 굴레에서 벗어났다.

그러면 어떻게 각 민족들은 그들의 선조들이 이민을 와서 아메리칸 드림을 성취했을까. 그 공부는 참으로 흥미 있고, 가치 있는 것이었다.

워렌은 아프리칸 아메리칸으로 내가 배운 유일한 흑인 여자 교수로 인상에 남는다. 그녀는 여러 민족 문화에 대한 강의를 폭포수처럼 쏟아 놓고는 했는데 "미국의 미래, 인류의 미래는 아주 중요해요"라며 미국의 다가올 앞날에 대해서 끔찍할 만큼 많은 애정을 가지고 있었다. 언제나 미래지향적 과제를 학생들에게 부여하던 그녀는 자기 조국인 아프리카를 사랑하는 만큼 미국을 사랑한다며 이민 역사를 열정적으로 가르쳤다. 그 뿌리를 알면 인종 간의 갈등이 적어지리라 했다.

19세기경 강을 건너 북쪽인 미국으로 넘어 왔던 멕시칸들. 가톨릭에서 신교(Protestant)로 개종하라는 강요로 영국의 지배를 피해 1815년에서 1920년 사이에 50만 명 이상이 원하지 않는 이민을 감행해야 했던 아일랜드인들, 1차 대전 이후 나치에 숨진 600만 대학살에 대한 기억을 안고, 러시아와 동부 유럽지역에서 쫓겨나 약속된 땅, 에덴동산이 있는 미국으로 건너와 온갖 고생 끝에 경제적 기반을 구축했던 유대인들, 아무 쓸모없는 돌산으로 쫓겨나 가혹한 '눈물의 길'(Trail of Tears), '죽음의 여로'를 선택할 수밖에 없었던 인디언들에 대한 구체적인 강의를 들으면서 깨닫는 게 많았다.

워렌은 조그만 책자에서 1854년, 스콰미시 부족의 추장이 조상 대대로 내려온 인디언의 땅을 미국 정부에 양도하면서 미국대통령에게 전한 '시애틀 추장의 편지' 몇 구절을 읽어 주기도 했다.

와싱톤주의 주지사는 그가 우리의 땅을 사고 싶다는 말을 전해왔다. 주지사는 또한 우리의 우정이 굳이 필요치 않으면서도 선의의 말도 전해왔다. 그러나 우리는 그의 제안을 고려할 것이다. 왜냐하면 우리가 땅을 팔지 않는다면 백인은 총을 가지고 와서 우리 땅을 뺏어갈 것을 알기 때문이다.

슬프면서도 아름다운 구절들이었다.

아시아의 최초 이민 개척자들인 중국인들, 그들은 금산(Gold Mountain)을 캐러 미국에 왔고, 철로를 개설하다가 60피트 이상으로 쌓인 눈 속에서 수없이 많은 인명들이 동태처럼 얼어 죽어 갔다. 인종적 차별과 적은 급료를 받고 만든 미국의 다리들이 미국을 발전시킨 원동력이 되었고, 그런 희생으로 얻어진 것이 차이나타운이라는 땅덩어리다.

그런 공부를 하고 보니 이 땅에 살고 있는 다른 민족들의 선조들이 다 고마웠다. 그 후손들이 새로운 이민자들을 향해'너희 나라로 돌아가라'고 외친다 해도 분노 보다는 그들의 선조들이 흘린 피땀의 감사부터 해야 될 것 같았다. 그들이 없었다면 우리 이민자들이 이 땅의 혜택을 볼 수 없었을 테니까.

신사임당의 하늘

　신사임당의 하늘은 청명(淸明)하다. 그녀가 보여준 하늘은 높고 거룩하다. 한 사람의 생애가 나서 죽을 때까지 고결할 수 있다면 훌륭한 것이고, 가치가 있는 것일 게다. 우리 역사에 그런 사람이 몇이나 될까. 더욱이 여자로 태어나 여러 가지 어려움을 극복하고, 한 시대의 존경받는 인물이 되었다면 그를 숭상하고 기려야 한다.

　사람이 세상에 태어나서 한두 가지는 잘할 수 있으나 모든 면에서 잘하기는 힘들 것이다. 조선시대(1504~1551년)의 대표적인 여류 예술가이자 현모양처의 대명사로 알려진 신사임당은 지(知)·덕(德)·재(才)를 갖춤으로써 특출난 존재가 되었다. 그녀가 2009년 상반기부터 한국 화폐의 5만 원권에서 얼굴을 자주 볼 수 있게 되었다니 기쁘다. 진보적인 여성단체에서는 '현대적 여성의 역할

모델이 왜 하필이면 신사임당이냐라 해서 반대를 했다고 한다. 고액권 초상 인물 선정을 위한 '화폐도안 자문위원회'에서는 "우리 사회의 양성평등 의식을 제고하고 여성의 사회 참여에 기여하는 한편 문화 중시의 시대정신을 반영하고 있다"는 이유로 신사임당을 선택했다는 것이어서 슬며시 동조적인 웃음이 나오기도 하고, 선도적인 우회의 의미를 발견하기도 한다.

세계 강대국인 미국에서는 '힐러리'라는 여성이 대통령 후보에 도전했었고, 짓눌려 살아왔던 모국의 여성들 또한 그 권위가 상당히 높아진 듯하다.

신사임당이 살던 시대의 여자들은 자기 의지나 신념을 펴 보일 수가 없었고, 가문이나 남편, 자식들에 예속된 부품으로서 일생을 살다 갔다고 해야 할 것이다.

신사임당은 다른 평범한 처녀들과 같이 19세에 덕수 이씨인 원수(元秀)와 결혼해서 네 아들과 세 딸을 두었다. 율곡 이이를 백대의 스승으로, 아들 이우와 큰 딸 매창을 자신의 재주를 계승한 예술가로 키워냈다. 또한 시당숙 이기가 우의정으로 있었던 1545년(인종 1년), 윤원형과 결탁하여 을사사화를 일으켜 어진 선비들을 모해하고, 권세만을 탐하자 그 영광이 오래 가지 못할 것을 예지하고 남편에게 상기시켜 뒷날 화를 면하게 했다고 한다.

아들과 딸의 구별 없이 각자의 재능을 살려 주려했던 현철한 교육방법이나 남편을 지혜로 내조할 수 있었던 능력에서 그녀의 맑은 정신과 높은 지성이 그만한 경지에 도달해 있었음을 짐작할 수 있다. 그러면서도 타고난 자기 재주에 부지런하여 그림·글씨· 시는 매우 아름답고 섬세하다. 그린 그림을 볕에 말리려 하자 닭이 다가와 산 풀벌레인 줄 알고 잡아먹으려다가 종이가 뜯어질 뻔 하기도 했다고 한다. 그림은 풀벌레·포도·화조·어죽(魚竹)· 매화·난초·산수 등이 주된 화제로서 마치 생동하는 듯한 사실화로 40폭 정도가 전해지고 있고, 아직 세상에 공개되지 않은 그림도 수십 점 있다고 한다. 명종 때의 사람 어숙권은 『패관잡기』에서 "사임당의 포도와 산수는 절묘하여 평하는 이들이 '안견의 다음에 간다.'라고 했다. 어찌 부녀자의 그림이라 하여 경홀히 대할 것이며, 또 어찌 부녀자에게 정당한 일이 아니라고 나무랄 수 있을 것이랴."라고 격찬하였다. 그녀의 글씨는 그야말로 '말발굽과 누에 머리' 라는 체법에 의한 본격적인 것이라고 하여, 1868년(고종 5년) 강릉부사로 간 윤종의는 사임당의 글씨를 후세에 남기고자 그 글씨를 판각하여 오죽헌에 보관하면서 발문을 다음과 같이 적었다.

"정성들여 그은 획이 그윽하고 고상하고 정결하고 고요하여 부인께서 더욱더 저 태양의 덕을 본뜬 것임을 알 수 있다."고 격찬하였다.

다음은 신사임당이 38세 때 여섯 살 난 어린 율곡을 데리고 강릉(江陵)을 떠나 서울의 시댁(媤宅)으로 가는 도중에 읊은 '유대관

령망친정(踰大關嶺望親庭)'이라는 시다. 시름에 잠겨 하염없는 눈물을 흘렸을 효심 많은 그녀를 떠오르게 한다.

> 늙으신 부모님을 고향에 두고 / 홀로 서울로 가는 이 마음,
> 돌아보니 북촌(北村)은 아득한데 / 흰 구름만 저문 산에 떠도네.

대관령의 마루턱에 앉아 멀리 친정을 내려다보며 딸로 태어나 아들이 없는 부모님을 모시지 못하고 떠나는 신세를 많이 한탄했을 것 같다. 나도 한때는 그랬으므로 그 마음을 잘 짐작할 수가 있다.

여자들이 지적 교양을 섭취하기 어려웠던 조선 왕조 시대에 시댁과 남편의 이해를 받아 가며 자기 재능을 그만큼 발휘할 수 있었다는 것은 참으로 놀라운 일이다.

그렇게 되기까지는 7세에 안견의 그림을 사숙할 수 있었고, 현철한 어머니의 훈조를 마음껏 받을 수 있었던 환경적 요인이 있었다고 하고, 사임당의 그림을 친구들에게 자랑할 정도로 아내의 재능을 이해하고, 인정해 주던 도량 넓은 남편이 있었다고는 하나 개인의 절대 노력 없이는 이루어 질 수 없는 것이 학문이요, 예술이요, 가정사가 아니던가.

그러니 신사임당처럼 되기가 어디 그리 쉬운가. 그러니 우러러보는 이가 많은 것일 게다. "자녀의 재능을 살린 교육적 성취를

통하여 교육과 가정의 중요성을 환기하는 등의 효과가 기대 된다.”는 신문기사의 내용 또한 신사임당에게 콤플렉스를 느끼고 있는 나를 더 작고 초라하게 만든다.

사임당이 닮고 싶어 했던 최고의 여성은 중국 고대 주나라 문왕의 어머니인 태임(太任)이었다. 사임당, 임사재가 보여줬던 온화한 천품, 예술적 자질은 모두 태임의 덕을 배우고 본 뜬데서 이루어진 것이라고 한다.

신사임당을 굳이 화폐에 등장시킨 것은 많은 한국 여인들에게 그녀를 보고 배우라는 지도의 명분이 있는 것 같다. 아니면 기를 펴고 살지 못하는 요즘의 한국 남자들을 위한 세태의 흐름을 조금이라도 잡아 보려는 노력이 아닐까 싶어진다.

이유야 어찌 됐든 신사임당 같은 귀감이 될 만한 여성이 우리 선대에 살고 있었다는 것이 자랑스럽고, 감격스럽고, 힘겹게 느껴진다. 그런 여성을 닮아 보려는 것이 나쁠 건 없을 것이다.

엄마의 꿈, 자녀의 꿈

꿈을 꾸는 동안 인간은 행복하다. 그 말을 실천이라도 하듯 해
린이와 영우를 키우며 나는 많은 꿈을 꾸었다. 내가 아이들을 향
해 꾸는 꿈은 끝이 없었다. 꿈은 꿀수록 부피가 커져 행복도 많아
지는 듯했다. 그런 엄마의 마음을 이해라도 하듯 해린이는 배우
는 것을 좋아했고, 힘들다고 투정하지 않았었다. 그 꿈들이 내가
꾼 꿈이 아니라 해린이가 꾸고 있는 꿈이라고 굳게 믿으며 뒷바
라지를 열심히 했었다.

다섯 살 된 해린이에게 발레를 가르치면서, 그 아이가 무대 위
에서 하얀 발레복을 입고, 두 발을 들고, 백조의 호수를 추는 모습
을 상상하면 저절로 기운이 솟고는 했다. 발레리나들의 율동은
인간의 한계를 뛰어 넘는 신적인 것이라 여겨졌었다.

미국에 가지고 올 수 있었던 개인당 돈의 액수가 천오백 불씩

이었을 때 시간당 50불씩 지불해야 했던 발레 레슨비도 아까워하지 않았다. 소질만 발견된다면 러시아의 국립 오페라단에 보내서 공부를 시켜 보자는 결심도 했었다. 그런 해린이가 토슈즈를 신으면서부터 발가락이 아파서 발레를 못하겠다는 것이었고, 포기하게 되니 내 꿈 하나를 접어야 했다.

고전 무용만은 하겠다고 하여 십여 년을 넘게 학원에 데려가고 데려 오는 일에 전념하면서 또 다른 꿈을 꾸기 시작했다. 어린이 예술제에서 승무로 일등상까지 받게 되었으니 서울의 이매방 선생께 보내어 그 춤을 직접 전수 받게 하고 싶은 욕심을 갖게 된 것이었다. 잘하면 해린 이도 인간문화재가 될 수 있을 것이라는 소망을 품게 되었다.

피아노, 플루트, 가야금을 배우고는 있었지만 그것들은 교양 정도로 해두면 된다는 생각이어서 내 꿈속에는 있지 않았었고, 해린 이 자신으로서도 피아니스트가 되는 꿈은 꾸고 있지 않는 듯 했다. 피겨 스케이팅 만은 해린이가 하고 싶다고 선택한 꿈이었으나 아이스 링크가 멀리 있어 운전을 해줘야 하는 내 고충이 커서 그 꿈만은 포기시켰던 게 늘 마음에 걸린다.

해린이가 여고를 졸업하면서 춤은 더 이상 추지 않겠다는 선포를 했다. "엄마가 좋아하니까 엄마를 즐겁게 해드리기 위해서 한 것이지 자신한테는 춤꾼이 될 소질도 없으려니와 많은 사람들 앞에서 춤추기가 싫어요."라는 것이었다. 롱아일랜드 대학교에서 실시한 춤 대회에서 '칼춤' 안무로 대상까지 받았던 해린이가 원했던 것은 "내 맘대로 살게 내버려 두세요."라는 자유 선언이었다. 어처구니가 없었지만 "그럼 그렇게 해라. 대신 학비의 절반은 네가 벌어서 다녀라."라는 것으로 딸을 향한 꿈들을 당차게 몰아내었다. 겉으로 표현은 안했지만 딸에게 투자한 돈과 시간이 너무 아까워서 눈물이 날 지경이었다. '공부도 못하게 하고, 뭐 하러 재능 개발에 그토록 애를 썼었을까. 그 돈으로 멋진 집이나 한 채 사둘 걸.' 싶었지만 지나간 일이었고 '그래도 언젠가는 저한테 온갖 정성을 다 바친 엄마에 대해서만은 감사할 날이 오겠지.'라는 위안으로 자신을 달래 볼 수밖에 없었다.

영우에게도 나는 많은 꿈을 꾸었다. '썰매'라는 제목으로 뉴욕 한국일보 그림 대회에서 은상을 받았을 때, 나는 영우가 장래에 훌륭한 화가가 될 것이라는 예감에 흥분했지만 그 꿈은 접어야 했다. 중학교 때부터 풋볼 선수를 하더니 노틀담 대학에 풋볼 선수로 입학하여 장학금을 받고 다닐 거라는 장담을 하여 그 아이의 미래가 보이는 듯 자랑스러웠지만 그 꿈도 중간에 그만 두어야 했다.

영우가 풋볼 선수가 되겠다는 꿈을 포기했던 터라 나는 아들이 건축가가 되면 좋을 것 같았다. 체격도 크고, 힘이 좋으니 잘할 것이라 싶었다. 궁리한 끝에 그 과가 있는 학교를 찾아서 스쿨

오프닝에 같이 가보았고, 영우가 "그 많은 돈을 들여서 왜 그 학교를 가야 하느냐."며 반대했지만 등록을 해두었다. 속이 깊고, 부모 말에는 순종하던 아들이었는지라 가능할 것이라 기대했는데 영우는 그 학교에 가지 않았고, 나는 내 꿈의 근처에도 갈 수 없었다. 결국에는 "그래, 네가 가고 싶은 학교에 가거라."며 놓아 주었다.

부모의 인생, 자식들의 인생을 한 묶음으로 꿰어 보고자 했던 욕망이 허상을 벗고 맨살을 드러내었을 때 실망과 절망이 한 동안 나를 몸살 나게 했지만 억지로 되는 것은 아니었다. 엄마로서 끌어안고 싶었던 꿈들이 자식들의 꿈이 아니라 내 꿈이었음을 인정할 수밖에 없는 상황이 되자 남은 것은 내 스스로 반성을 하고, 엄마의 허물을 용서받는 것이었다. 그러자니 자식들을 참으로 고달프게 했고, 자녀 교육에 실패한 사람처럼 낙담이 많이 되어서 엄마로서 자격을 상실한 듯하였다.

결국에는 '그래, 각자 자기의 꿈을 향해서 살자.'라는 방향으로 마음을 정하고 두 손을 번쩍 들었다. 그러니 한동안 허전해서 자신과 타협하는 시간이 필요했다. 해린이와 영우는 고삐를 놓아주니 그들은 비로소 자유인이 된 것처럼 자신들이 좋아하는 풀밭으로 달려가서 자신들이 원하는 것들을 얻기 위해 열정을 불태운다. 각자 자기의 꿈을 향해 도전하는 모습들이 경쾌하고, 행복해 보인다.

내 꿈을 완성시키고자 애썼던 엄마의 노력이 하마터면 그들을 불행하게 할 뻔 했구나 싶어 안도의 숨을 쉬게 된다. 부모와 자식 간이라 할지라도 깨지고, 상처 나고, 새살이 돋고, 격려하면서 독립된 인격체로 바라봐 주는 지혜가 필요함을 깨달았다.

이상의 날개

이상과 현실 사이에는 공간이 있다. 그 공간에는 날개가 있어 무한한 꿈과 소망과 염원을 실어 나른다.

머리를 쳐들고 하늘을 보면 영롱한 무지개와 달과 별이 환상으로 펼쳐 있다. 고개를 숙이고 아래를 보면 두 팔을 휘저어 걷고 있는 현실이 무자비하다. 이상은 현실에게 그 하늘을 보며 꿈을 꾸라 날갯짓을 하고, 현실은 소외당한 앙갚음으로 그 날개를 붙잡는다.

성선설을 신봉하는 이상주의자가 있었다. 인간은 원래 선하게 태어났으므로 만나는 이를 모두 착한 이로 대하면 모든 사람이 다 선하게 될 거라는 이상적 믿음을 갖고 있었다. 그를 만나는 모든 사람들은 그를 선량한 자라하며 그것을 실천하라 하였다. 그래서 그는 선한 자가 되기 위해 온갖 노력을 했다. 그래서 그는 결코 나쁜 사람은 될 수 없었다. 그는 그 이상을 놓지 못하여 어깨에 날개를 달고 날아 보려 했으나 현실은 혹독했다.

현실은 그에게서 많은 것을 빼앗아 갔다. 마지막 남은 순수까지도 여지없이 잡아끌었다. 발아래는 끊임없이 흘러가고 있는 강물이어서 한 발만 잘못 디디면 그 속에 빠지고 말 지경이다. 이상은 날개를 퍼덕이다 움츠린다. 이상과 현실의 평행선 사이에서 허우적거린다. 이상의 날개에는 힘이 없어 기우뚱, 기우뚱 흔들리며 몸의 균형을 잃어버린다. 이상의 물동이에서는 물이 철철 흘러내려 이마로, 얼굴로 쏟아지며 하소연 한다. 땅을 봐라, 땅을……. 이상은 날개를 펴고, 머리 위로 날기를 희망하나 현실은 그 발목을 붙잡고 있다.

이상은 때때로 비타협적인 평행선을 이룬다. 그 사이에 머무는 한 점, 행복과 불행의 갈림길에 멈추어 있다. 유유히 흘러가는 시대의 강물 속으로, 머리와 가슴사이에서 줄타기를 하는 곡예사로, 부드러움, 여유로움, 인자함이 때로는 성인 같고, 때로는 이상의 가면을 쓴 괴물 같기도 하다.

한 인간, 한 괴물의 탄생. 한 인간의 이상과 한 인간의 이상적 가면의 중간 개체로 이상의 날개는 평탄하지 않은 그림자를 만든다. 날아 보려고 허우적거리다 낙마한다.

그런 이상의 날개를 달고 날지 못하고, 거리를 걸을 때 이상이란 놈은 때때로 비웃으며 말한다. "네 이상이란 날개 없는 천사

같아. 그냥 놓아 버려.” 그런데 그 이상을 놓아 버릴 수가 없으니 나는 단지 안타까운 피조물이다. 그저 붙잡고 있다가 날개의 성숙을 기다리는 게 나을 것인가.

3

사랑, 그리움

참, 사랑

삶은 참이다. 참이 뭔가.

참은 참(眞)이다. 충만함이다.

인생은 찾음이다. 삶은 자람이다. 영원의 미완성.

채 되지 못한 것. 채 되지 못해 채 되기를 찾는 것.

참은 또 뭔가? 참은 참음(忍)이다.

깨야 하기 때문에 참아야 한다.

졸음을 참아야 하고, 피곤을 참아야 하고,

아픔을 참아야 하고, 낙심 나는 것을 참아야 한다.

참음에는 끝이 없다. 사랑은 오래 참는 것이다.

위의 문장은 남편이 총각시절에 내게 보냈던 첫 번째 연애편지
의 구절들이다. 그 글들을 대했을 때 본인의 문장이라고는 생각

지 않았었지만 퍽 인상 깊었다. 사실 그 글귀들이 함석헌 선생의 '씨알은 외롭지 않다'는 책에서 따온 인용 문구인 줄은 몰랐다. '참'이라는 문장 속에는 내 마음을 사로잡는 심오함이 있어 마음을 끌었을 뿐이다. 구겨서 쓰레기통에 버렸던 편지를 다시 잘 펴서 책상 설합에 보관을 했으니 어지간히 감명 깊었나 보다.

꽃피는 열아홉 나이에 첫 편지를 받았는데 4년 동안이나 편지가 왔다. 자주 오는 편지가 아니고, 가끔 오는 편지였으나 오지 않으면 기다려지는 편지였다. 그런데도 그 편지의 주인공은 '참'을 내게 던져놓고, 만나자는 말도 없이 모습을 드러내지 않는 것이었다. 연애편지 치고는 참 특이했고, 기이한 사람이라 싶었다.

결혼한 후에야 들으니 군대에 가서 그랬고, 휴가차 만나려고 몇 번 시도했지만 내가 피해 버리는 바람에 만날 수가 없었다고 했다. 그러고서도 2년을 더 줄다리기 하다가 7년째 되는 봄에 결혼을 했으니 결국은 '참'이 승리했던 셈이다. 외적 조건들이 좋았던 남편 후보감들보다 '참'을 사랑하는 남자가 훨씬 잘나 보였으니 '참'이라는 거미줄에 내 운명이 걸려 버렸던 것이다.

시부모님의 사업이 기울어져 빈손으로 이민을 떠나게 된 그의 아내가 기꺼이 되겠다 하였으니 "참음에는 끝이 없다. 사랑은 오래 참는 것이다."는 구절을 끈질기게 실천하던 한 남자의 인내와 사랑이 나를 감동시켰던 게 분명하다.

남편이 미국에 온 지 3년 후, 가구 사업을 시작하면서 밤새도록 잠에 들지 못하고, 무슨 궁린가를 했다. 출근한 뒤에 보니 '참'이라는 가구점 상호를 쓰고 또 쓴 종이가 거실에 수북하였다.

지금까지 그 가구 사업으로 생계를 유지해 오고 있으니 함석헌 선생의 '참'이 참으로 보배스러운 것이다.

몇 년 전, 우리 인연을 맺어준 '참'을 기념하듯 조그만 두께의 잡지를 창간하면서 이름을 '참'이라 했다. 함석헌 선생의 참이 마련해준 참된 사랑의 연분에 감사하고 그분의 뜻에 맞게 좋은 말씀들을 편집하여 사회에 도움이 되고자 했다. 여러 가지 여건상 계속하지 못하고 있으나 내 사명을 다 하리라는 마음을 놓지 못하니 불행인가, 행복인가.

노자 도덕경 1장 첫머리에 '도가도, 비상도(導可導 非常道), 명가명, 비상명(名可名 非常名)'이라 했으니 참이 아무리 좋다한들 그 '참'에 갇히면 안 되겠다 싶기도 하다.

'참'을 '참'이라 하면 늘 그러한 '참'이 아니기에.

부부의 사랑

몇 년 전, 우리 부부의 결혼기념일이 떠오른다.

발렌타인 데이에 선물을 받지 못한 나는 남편에게 "여보, 이번 결혼기념일은 잊지 말아요."라는 말을 귀띔해 두었다. 그 덕분이 있는지 밤늦게 들어오면서도 장미꽃 다발을 잊지 않고 사들고 온 남편이 고마웠다.

아침 일찍 일어난 해린이와 영우가 "아빠가 장미꽃을 사오셨네!" 하며 감탄하는 모습은 보기 좋았다.

"엄마, 엄마는 아빠께 무슨 선물을 하셨어요?"

꼼꼼하게 장미 송이를 세던 해린이가 물었다.

"아이스크림, 케이크, 쿠키, 그리고 노란 장미 한 송이. 음— 그리고 이 세상에서 가장 귀한 선물을 했지."

"그게 뭔데요?"

"맞춰 볼래?"

그랬더니 해린이와 영우는 의아하다는 듯 웃기만 했다.

"바로 너희들. 김해린이와 김영우"

그랬더니 아이들은 의외라는 듯한 얼굴로 학교에 갔다.

남편과 단 둘이 남아 케이크를 자르고 커피를 마시며 지난 결혼 생활을 회고해 봤다. 결혼한 지 일 년 만에 미국에 와서 겪었던 슬픔, 괴로움, 고통들이 지나고 보니 달콤한 옛날 얘기가 되었다. 남편과 아이들이 없었다면 어떻게 그 고비들을 잘 견딜 수 있었을까 싶어지는 것이었다.

유관순 같은 나라 사랑하는 여성이 되고 싶다는 열망에 결혼식 날짜도 3월 1일, 독립만세기념일로 정했건만 평범한 한 남자의 아내와 두 아이의 엄마가 됐다는 현실이 나를 괴롭힐 때도 있었다.

자라나는 아이들을 보면서 행복을 느끼고 "목숨을 바쳐 나라를 구한 유관순 열사도 위대하지만 결혼해서 남편과 잘 살고, 아이들 잘 키우고, 가정을 잘 지키는 여성도 위대한 애국자가 아니겠는가." 스스로 위로해 보기도 했다.

미국에 온 지 1개월쯤 된 사촌 동서가 "제 친구의 50% 정도가 결혼을 해서 임신을 했거나 아이를 키우고 있는데 왜 아이를 낳았는지 모르겠다고 후회들 해요. 그래서 저도 아이를 낳고 싶지 않아요. 잘 낳고, 잘 키울 자신이 없어요."라는 말을 했다.

나는 순간적으로 말을 잊었다. 무슨 말을 해줘야 할지 막막해졌다. 내 경험으로 보더라도 아이를 낳고, 키우는 일은 힘든 일이었다. 그러나 부부에게 있어 자녀란 얼마나 귀중한 존재이며 행복의 원천이었던가. 사랑의 실현체인 자기 자녀를 낳아 보지 않고, 키워 보지 않고서야 어찌 내가 말하는 사랑이란 의미를 이해할 수 있을 것인가.

최근 미국 정부의 통계에 따르면 부모, 자녀가 함께 하는 이상적 가정은 전체의 3분의 1정도라고 한다. 나머지 가정은 독신자, 동거자, 홀로 자녀를 키우는 이혼 부부라는 것이다.

남녀가 결혼을 해서 자녀를 낳으면, 부부는 그 자녀를 위해서 평화스런 가정을 만들어 주는 것이 가장 큰 책임일 것이다. 부부가 감정을 억제하지 못하고 자녀들 앞에서 싸우거나 이혼을 하게 되면 자녀들은 너무 불행하지 않을까. 부부의 사랑하는 모습은 미래의 자녀들에게 자신감 있게 누군가를 사랑하고, 가정을 설계할 수 있는 힘을 줄 것이다.

사랑, 인생의 보험

미국인이 가장 많이 사용하는 단어가 '러브'라고 한다. 나는 그것을 미국인들의 가식적 표현이라고 생각했었다. 사랑한다면 구태여 사랑한다는 말이 왜 필요할까. 이심전심으로 알게 되는 게 아닐까.

요사이 남편은 비염 앨러지로 심한 고생을 하고 있다. 서로의 숙면을 방해하게 되어 궁여지책으로 침실을 따로 쓰게 됐다. 글을 쓰고, 공부를 하느라 내 방을 따로 쓴 적이 많아서 새삼스레 이상할 것도 없는데 한 지붕 별거를 선언해 버린 기분이다.

어느 날 아침, 해쓱해진 얼굴로 일어난 남편에게 "당신 빨리 낫지 않으면 알아서 해요."라는 농담을 했는데 "왜? 빨리 안 나으면 내다 버리게?"라고 반문을 했다. 어처구니없이 머쓱하게 하는 답이어서 "조강지부(糟糠之夫)를 버릴 수는 없지요."라고 웃음으로 받아 넘겼으나 목에 가시가 탁 걸려 버린 듯 했다. 힘 빠진 남편들이 아내가 곰국을 끓이면 불안해진다는 우스갯소리가 있다. 남의 얘기로만 들을 것이 아니었나 싶어진다.

지난해 가을, 4주 넘게 한국에 다녀왔는데 남편의 몰골이 말이 아니었다. 곰국조차 끓여 놓지 못하고 갔으니 내 죄가 컸다 싶었다. 동갑나기 남편이 항상 젊을 거라 싶었는데 흰머리가 많아졌고, 볼도 홀쭉해졌다. 그래서였을까. 남편이 젊어서는 가장으로서 가정을 지키느라 힘들었는데 늙어서는 쫓겨날까봐 전전긍긍하는 시대에 살고 있다니 시대가 변해도 참 많이 변했다.

예전엔 결혼이라는 게 서로를 억압하는 제도가 아닌가 싶었는데 나이를 먹고 보니 서로 보험을 들어 두라고 있는 것 같다. 허락받은 아내와 남편은 사랑의 값진 열매를 맺을 수 있는 공간과 시간과 자유를 떳떳하게 부여받은 것이니 당당하게 저축성 보험을 들어 둘 수 있는 믿음직한 곳이다. 힘이 있고, 능력이 있을 때 이해와 헌신으로 아내에게, 남편에게 열심히 보험료를 부어야 할 것 같다. 그렇게 사랑의 산을 넘고, 인생의 고지를 점령해 보는 것도 나쁘진 않겠지 싶다. 계산해 보니 남편이 내게 지불한 보험료가 내 것보다 많은 듯하다. 그러니 나는 사랑의 빚쟁이다. 그런데도 가끔 잊어버리고, 선심 쓰며 살아 준다는 듯 큰소리친다.

워싱턴 포스트지에 의하면 요즈음의 대다수 젊은 여성들은 사랑에 빠지는 것을 "비현실적이고 어리석으며 허약함의 표시로 보거나, 심지어는 전혀 성취할 수 없는 것으로 여기고 있다."고 한다.

참으로 영악하고, 열정적 사랑의 부재 시대에 살고 있다 싶다. 가슴 떨림으로 시작되는 게 사랑이라면 그것은 저 높은 사랑의 목표를 향해 가야하는 멀고, 험한 길을 축원하는 전주곡일 뿐이다. 그 달콤한 사랑의 '환상가면'에서 벗어나 사랑의 본체를 확인하고, 달성하게 하는 강한 결속력과 힘을 주기 위한 사슬이 결혼생활이라면 그곳에서 사랑의 승부를 겨뤄 보는 용기를 가져 보는 것도 좋을 것이다. 그래서 나는 딸에게 말해 주고 싶다.

"두려움 없이 진실한 사랑을 하고, 결혼을 하고, 자식을 낳고, 인생의 쓴맛, 단맛을 다 맛보아라. 그리고 거기에서 참고 견디어라. 그것이 사랑에, 인생에 보험을 제대로 드는 것이다."라고

사랑에 눈이 멀면 죽음도 뛰어 넘는다 했으나 그 화학 작용이 끝나는 곳부터가 사랑의 더 큰 고개를 넘어야 하는 시작점임을, 그 고개를 넘어 보지 않고서야 어찌 알 수 있을까.

결혼을 하기 전에 모든 것의 원천인 사랑을 제대로 가르쳐 주는 학교나 제도가 있었으면 더 좋은 사랑, 더 멋진 결혼생활의 보험을 든든하게 들어 두었을 것 같다. 예비지식 없이 출발한 사랑의 원정은 영원히 끝나지 않을 짙푸른 바다의 파도 소리다. 참으로 어려운 게 사랑의 길임을 이제야 조금 알 것 같으니 사랑의

보험을 많이 쌓아 두지 않은 것 같아 걱정이다.

그래서 미국인들은 아침저녁으로 부부간에도 서로 껴안고, "아이 러브 유!"를 소리치며 사랑의 보험이 유효한가를 확인 하는가 보다.

사랑, 파괴범

"우리 부부에게 남아 있는 사랑은 이제 없어요."

"이제 우리 부부는 서로 바라보는 것조차도 지겨워해요."

"자식들을 위해서라도 우리 부부는 함께 살지 않는 게 좋겠어요."

"이혼밖에는 다른 길이 없어요."

두 명의 이혼에 직면한 친구들이 던지는 이유들이다. 한 친구는 사십 중반이요, 한 친구는 육십 대 초반이다. 그녀들은 "이혼은 죽음보다 더 고통스러운 것 같아요."라고 말하기도 한다. 곁에서 보기에도 안 되었고, 괴로움이 커 보인다. 나는 그녀들을 대할 때마다 "그녀들을 저 지경으로 몰고 간 것은 무엇일까?"로 심각해진다.

80년대에 이민을 왔던 나는 '이혼'이란 말을 쉽게 입에 올리지 못했다. 그 만큼 두렵고, 불경스런 언어였다. 그러나 가까운 사람들 사이에서 이혼이 복잡하게 얽히는 걸 보며 이혼이란 부부 사이에 숨어 있는 파괴범이라는 생각이 든다.

그녀들 집을 방문해서 결혼식장에 나란히 서서 웃고 있는 사진들을 본 적이 있어서인지 그들 부부의 현재가 거짓말처럼 믿어지지 않는다. 결혼할 때 이혼을 염두에 두고 결혼하진 않았을 텐데 이혼만큼 본인들과 자녀들, 주변 사람들을 아프게 하는 일도 없는 것 같다. 그들에게 있었던 행복했던 추억들과 사랑의 순간들을 돌이켜 보며 다시 사이좋은 부부가 될 수도 있을 텐데 그 일이 어려운 듯 했다.

에드 위트 박사가 쓴 『결혼의 신비』라는 책을 읽어보면 "항상 가정과 가족들을 파괴시키는 것은 사소한 불화에 근거한 것이다. 가정은 예절과 친절, 화를 내지 않고, 공격하거나 비판만 하지 않으면 평화로울 수 있는 곳이다. 당신은 당신의 가정을 지키기 위해서 당신의 사업, 당신의 취미, 당신의 집, 당신의 돈, 당신의 재능, 당신의 흥미, 심지어는 당신의 종교일까지 이 세상에서 당신의 결혼보다 더 중요한 것은 없다고 결심하여야 한다."라고 쓰여 있다.

이 책 속에서 정신과 의사 폴 메이어는 "불행한 결혼을 가진 사람은 세 가지 길 중에서 하나를 선택해야 하는데 첫째는, 이혼하는 것이다. ―이것은 가장 미숙한 결정이다. 둘째는, 결혼을 개

선시키기 위한 어떤 노력을 하지 아니하고 그럭저럭 세월만 보내는 것이다. ―이것 역시 미숙한 결정이다. ―그러나 이혼만큼 무책임한 것은 아니다. 셋째는, 결혼 속에 있는 문제를 성숙한 사람답게 직시하고, 기존의 결혼을 친교적인 결혼으로 전환시키는 것이다. 오직 이것만이 진실로 성숙한 선택이다."라고 하였다.

'사랑'은 아름다운 것인데 상대에게 다른 사랑하는 상대가 생기하는 이혼이니 그 사랑은 사랑이란 이름을 가장한 가정 파괴범이다. 그 사랑은 호랑이처럼 무섭다. 서로의 가슴에 못을 박았으니 흉악범이기도 하다.

사랑, 섹스

한국학교에서 어린이들을 지도하면서 사랑이라는 주제로 질문을 던져 보았다. 두 개의 문화권에서 자라고 있는 한국계 미국인 2세들은 '사랑'이란 것을 과연 어떻게 받아들이고 있을까.

"사랑이 뭘까요? 사랑이 뭐라고 생각해요?"

그 질문을 하자 교실이 갑자기 조용해지더니 서로 바라보며 눈치를 본다. 그 중 한 아이가 "키스하는 거요."라고 대답한다. 와! 여기저기서 웃음소리가 터져 나온다. 참 솔직한 대답이다.

"그래요? 그 말이 틀린 건 아니죠? 그런데 그게 사랑의 전부일까요? 부모님 사랑, 선생님 사랑, 이웃 사랑, 형제 사랑, 친구 사랑, 연인 사랑, 사랑이 아주 많지요?"

나는 칠판에 사랑의 종류를 적어보며 대충 얘기를 나누어 봤지만 사랑의 진정한 모습을 어떻게 말로 다 표현할 수 있을 것인가.

채널 11. 「모리 쇼」에서는 무대에 한 여자와 두 남자, 어떤 때는 세 남자가 한꺼번에 등장하여 아이 아버지를 가려내는 검사(DNA Paternity Test)를 하고 바로 공개하는 장면들이 연출된다. 울고불고 소리치는 출연자들을 볼 때면 인간만이 수치스러움을 안다는 존엄성은 전혀 찾아 볼 수가 없다. 마치 동물 세계를 들여다 본 것 같다. 그런 그들의 입에서 사랑이란 말이 쉽게 나올 때면 가슴속에 숨어 있는 뼈까지 욱실거리며 야키! 해진다.

사랑이 그렇게 단순히 키스하고 섹스하는 거라면 사랑이란 얼마나 가볍고 쉬운 것일까. 그 많은 소설과 인생 속에서 사랑이 차지하는 비중이 큰 것은 그 만큼 인간에게 내재된 감정과 이성, 영적인 사랑이 복잡하고 미묘한 때문일 것이다.

남성은 애정과 섹스를 분리시켜 생각할 수 있는 존재라 한다. 여성들은 그것이 불가능하다고 하는데 요즈음은 그렇지 않은 것 같기도 하다.

미국이나 한국 영화중에서는 남녀가 만나자마자 서로에 대한 점검도 없이 육체관계를 허용하는 장면들이 많다. 그게 사랑일까. 현실적으로 정말 그럴까. 사랑을 해보지 않은 청춘들이 그런 사랑을 배울까 봐 겁이 난다. 그게 참사랑인 줄 알고 흉내를 내려는 골빈 남녀들이 많아지니 사생아들이 많이 탄생하는 것은 아닐까. 아니면 섹스를 쉽게 해결해 보려는 부류들의 희망사항이거나 그 입맛에 맞추어 흥행을 노리는 상업적인 것일 것이다. 인간의 정신 영역인 정조 관념을 해체시켜 여러 가지 사회문제를 미리 막아 보자는 서구적 속셈이 성 개방 문화에 숨어 있는 것 같기도 하다. 사랑하는 남녀가 성관계를 하는 것은 섹스가 아니라 사랑의 찬미가 되어야 한다. 그것은 음지의 불쾌한 어둠 속이 아니라 밝은 태양의 떳떳함이어야 한다. 더욱이 여자의 몸은 신의 창조물 중에서 가장 아름답고, 새 생명을 잉태시킬 수 있는 고결한 성체인데 그렇게 쉽게 열리게 되는 것일까. 진실한 사랑의 정서가 없이 잠시의 쾌락을 위해 장난감처럼 자신의 영육을 모욕할 수 있는 남녀라면 동물적 욕망에 충실한 것뿐이다. 진실로 서로가 서로를 사랑했다면 서로가 지탄의 대상이 되고, 자신들의 사랑을 욕되게 하는 행위를 생각 없이 하진 않을 것이다. 결코 그 많은 사생아들이 태어나 버려지지도 않았을 것이다. 섹스를 사랑이라고 착각하는 젊은이들이 많아지는 사회는 파멸로 근접해 가고 있는 현상이다. 인류의 미래가 걱정이다.

얼마 전에 사망한 미국의 섹시 아이콘으로 불려진 안나 니콜 스미스 같은 자유분방한 여자도 그녀의 일기장에 "남자들이 자신을 섹스 대상으로만 취급하는 게 지겹다."는 대목을 적어 놓았다. 과연 남녀의 성적 해방이 인간을 자유롭게 하는 것인가가 의문이다.

방송에 나와서 어린 아이를 놓고, 책임지지 않으려는 남자를 붙들고 울고불고 하는 건 이곳 미국에서도 남자가 아니라 여자들이다. 얼마나 한심한 장면인가. 육체의 고귀함을 지키지 못하고, 잠깐의 쾌락에 당당히 몸을 맡긴 여자라면 남자에게 구걸하지 말고, 당당히 그 아이들을 키울 수 있어야 한다. 거기까지가 자기 영육을 소홀히 한 책임이다. 진실로 그 남자가 그 여자를 사랑했다면 그 여자와 자기 아이를 나 몰라라 하진 않았을 것이다. 붙잡고 늘어진들 무슨 소용이랴.

모든 인간사의 원천을 이루고 있는 사랑의 감정은 참으로 중요하고 아름다운 것이다. 가볍게 행동할 성질의 것이 아니다. 이성 간의 사랑은 더욱 그렇다. 그럼에도 사랑의 길은 높고 험하다. 진실한 사랑을 얻기까지는 그만큼의 시간을 두고 봐야하고, 인내해야 한다. 사랑은 그렇게 초스피드로 한 순간의 섹스처럼 이루어지는 쉬운 것은 아니기 때문이다.

모든 사람들은 사랑이란 이름으로 그 고지를 향해 오르고 있지만 과연 몇 명이나 그 정점에 다다를 수 있을 것인가. 그러니 사랑이란 말을 함부로 할 수 없는 것일 게다.

사랑, 마음의 거울

　자신을 사랑하는 사람은 자신을 기만하는 거짓말은 하지 않는다. 진실하다. 예쁜 마음, 바른 행동으로 자기를 아름답게 가꿀 줄 안다. 거울을 들고 겉모습을 비춰 보듯이 마음의 거울로 자신의 속을 들여다보고 반성할 줄 안다. 자기만이 가지고 있는 독특함을 발견하고, 자기를 잘 성장 시킬 줄 아는 사람이다.

　자기애에 관한 버스카글리아의 말을 인용해 보면, "자신의 독특함을 높이 평가하게 되면 다른 사람들의 각각 다른 독특함도 인정하게 된다. 자기 발견에 높은 가치를 두게 되면, 타인의 자기 발견을 부추겨 주게 된다. 내가 누구인가를 알기 위해 자유스럽게 되기를 원하면, 타인에게도 그들이 누구인가를 알 수 있도록 자유를 줄 수 있다. 내가 나일 때 최고가 된다는 사실을 깨닫게 되면, 타인도 각자 그 자신일 때 최고가 된다는 사실을 생각할

수 있다. 이 모든 것이 당신에게서 출발한다. 당신 자신을 알게
되는 정도만큼 타인을 알 수 있고, 당신 자신을 사랑하는 수준만
큼 다른 사람을 사랑할 수 있다."

　사랑을 하려면 우선 나 자신부터 사랑하는 방법을 배워야 비천
해지지 않을 것 같다.

지선(至善)의 그리움

'소매 끝만 스쳐도 인연'이라고 한다. 그 말은 참 멋진 말이다. 수억의 인구 중에서 꼭 그 사람이니 얼마나 멋진 인연인가.

몇 년 전 가을, 나는 문우들 몇 명과 캐나다의 몬트리올과 퀘백, 뉴햄프셔를 경유하는 문학기행을 했다. 대절했던 버스 좌석이 남았으므로 '문인들과 함께하는 단풍여행'이라는 테마로 일반인들과 함께 추억을 만들었던 시간이었다.

계절이 주는 정서 때문이었을까. 그 여행은 떠나기 전부터 가슴을 설레게 했고, 감상에 젖어들게 하였다. 여행 도중에 차창 밖으로 보이는 붉고, 노란 색색의 단풍들이 가을비에 촉촉이 젖어드는 풍광은 일상의 모든 시름을 잊게 했고, 마냥 즐겁고 행복하게 해주었다.

한국에서 초빙된 문학평론가인 K교수의 강연은 그런 감성을 계속 유지시켜 주기에 부족함이 없었다. 차안에서 연일 부드럽고, 힘찬 목소리로 갇혀있던 내 안의 영감을 두드려 깨워 주었다. 열정적이고, 파도가 바위에 철석, 부딪혀 부숴지듯 시도되는 시낭송법에도 매료되었다. 영어로 강의를 들을 때는 신경을 긴장시키곤 했었는데 모국어로 듣는 문학 강의는 유쾌했다. 가끔 분위기를 풀어주는 위트가 경상도와 서울말이 어우러진 음성으로 울려오는 것도 듣기 좋았다.

퀘백에서 점심을 마치고, K교수와 일행이 되어 화가의 거리, 풍물 시장을 돌아보게 된 것은 멋진 인연이 될 우연의 기회였다.

비가 많이 내린 것은 아니었지만 우산 하나를 같이 받고 시가지를 돌다보니 문학소녀 시절로 되돌아가 버린 듯 순수해졌다. 무위자연(無爲自然)의 경지 속에서 우주와 일체가 되어 '지선의 경지' 안에 있었다. 어떻게 그렇게 완벽하게 그곳에 닿을 수가 있었을까.

사랑의 벗님들, 그리움

서울에서 여고 동창생들을 만났다. 30년이 지나서야 만나게 된 중학교 친구와 25년이 넘게 못 만나 본 친구들이었다. 정말 반가 웠다.

한국을 방문할 때 마다 유일하게 만났던 친구는 난옥이 뿐이었 는데 많은 친구들을 한꺼번에 만나게 되니 그 기쁨의 분량이 컸 다. 얼굴에 주름이 몇 개씩, 몸이 적당히 굵어진 중년 여인들이 서울의 한 식당에서 만나 참으로 오랜만에 정담어린 화제로 시간 을 보냈다. 개인 신상이나 자녀들에 관한 것이었지만 어제 헤어 진 친구들처럼 스스럼없이 얘기꽃을 피우게 되니 여고시절, 왕신 동산에 다시 모인 듯 했다. 오랜만에 만났으니 자신들을 포장할 만한 얘기도 많으련만 조금의 가식도 없는 친구들의 솔직함에서 순수한 시절의 향수를 다시 느끼게 됐다. 되돌아가고 싶어지는 때와 장소를 공유하며 얻어졌던 소중한 추억들이 우리들 인생의 주춧돌로 아직 그곳에 서있음을 보았다. 바르고, 행복하고, 예쁘게 살고 있는 듯한 그들과의 만남이 꿈처럼 여겨졌고, 건재함에 감사하였다. 모두 안아주고 인생의 단맛, 쓴맛이 배어 있을 두 볼에 키스라도 해주고 싶었다.

노래를 잘하던 정혜와 혜신이, 미래의 삶까지 예측하며 간호사가 되어야겠다고 했던 명희, 마음이 여리고 착해서 새엄마 때문에 가끔 울기도 했던 영신이, 말이 없던 자연이, 푸근한 심성으로 다른 사람을 편하게 해주던 순복이와 점득이, 그림을 잘 그리던 인순이, 말을 잘하던 희순이, 공부를 잘하던 난옥이와 향순이, 사슴처럼 긴 다리를 가졌던 영화와 수희. 1번 온희숙, 2번 박경희/, 3번 이현정 ……첫 번부터 끝 번까지 그들의 이름을 외워보며 그리움에 젖던 날들이 있었음을 되살려 봤다.

"마음은 내일에 사는것 / 오늘 비록 비참할지라도/ 모든 것은 순간적이며/ 그것들은 한결 같이 지나가 버리고/ 지나간 것은 값진 것이다." 라고 읊었던 푸시킨의 「삶이 그대를 속일지라도」의 시 몇 구절이 떠오르며 고개를 끄덕이게 하였다. 마치 친구들과의 이 해후를 예비하며 타국에서의 굴곡진 삶들을 헤쳐 온 듯싶었다.

배형순 아들이 사법고시 3차까지 패스하여 한 턱 낸다고 해서 얼마 전에 서로 만날 기회가 있었다는 얘기를 듣고는 갑자기 잊어졌던 외로움이 여울져 오기도 했다. 고국에 살고 있는 내 여고 동창들은 비행기를 타지 않고도 서로 만날 수 있었구나. 얼마나 부러운 처지인가. 어이해 나만이 멀리 떨어져 살게 되었을까 하는 서글픔이었다.

한 물속에서 풍당거리며 물장구를 치다가 물살에 휩쓸려 가 버린 한 마리 물고기처럼 나는 이들로부터 머나 먼 섬에 표류되어 살고 있었구나 하는 실감이 났다.

뉴욕에 있을 때는 이런 감상이 나를 찾아 올 때면 이은상 작시, 김동진 작곡의 「가고파」를 소리 높여 부르며 힘껏 쫓아 버렸었다.

어릴 제 같이 놀던 그 동무들 그리워라./ 어디 간들 잊으리오/
그 뛰놀던 고향 동무 오늘은 다 무얼 하는고/ 보고파라 보고파.

그러면 친구들은 가까이 다가와 웃어 주기도 했고, 말없이 가기도 했다. 좋은 친구란 곁에서 기쁨도 슬픔도 같이 나눌 수 있어야 하는데 그러지 못했던 나는 친구들에게 미안하고, 죄라도 지은 것 같았다. 잠시 고개를 숙여 친구로서의 애정과 도리를 다하지 못한 나를 용서해 달라고 빌고 싶기도 했다.

미국을 택하여 이민을 간 것도 나요, 친구들을 떠나간 것도 난데 나는 운명이라는 어휘를 빌어 변명이라도 하고 싶은 심정이었다. 내가 너희를, 고국을 떠난 건 숙명 같은 것이었다고……. 친구들은 그런 나의 죄의식을 아는지 모르는지 내 칭찬에 인색하지 않았다.

여고 때는 무척 예뻤었다느니, 선생님들이 너무 예뻐하여 부러웠다느니, 자신들보다 훨씬 성숙하게 느꼈었다느니, 더운 날 선생님이랑 가정 방문을 왔었는데 변변히 대접도 못했었다며, 내가 잊어버린 일들까지 새삼스레 들추어 미안해하고, 지난날의 나에 대한 기억들을 사심 없이 털어 놓는 것이었다.

나는 부끄러워졌다. 중·고등학교 6년 동안 억지로 떠맡기듯 주어졌던 실장을 계속하면서 그 임무를 괴로워했던 나. 모든 책임을 훌훌 벗어 던지고 한 마리 새가 되어 자유롭게 날아 가버리고 싶어 했던 나. 보통 친구들처럼 귀밑으로 길게 머리를 길러 보고 싶었고, 도둑 영화도 보고 싶었고, 스커트도 짧게 입어보고 싶었던 나. 많은 친구들과 등산도 가고, 스스럼없이 어울려 보고 싶었는데 그럴 수 없었던 나를 나는 얼마나 불운하다 여겼던가. 학교의 엄격한 규율을 어길 수 없도록 내 발목을 붙잡고 있던 감투(?)와 친구들을 떠나버리고 싶어 한 적도 많았었는데……. 너희들은 마냥 착한 내 친구들로 변함없이 존재하고 있었구나 하는 죄스러움이었다. 지금도 옹달샘 하나를 간직한 채 그 안의 평화만을 추구하려는 나. 내게 주어진 나만의 세계를 만끽하고자 하는 나, 여전히 소인배(小人輩) 같은 그릇으로 남아 있는 나를 친구들은 깊은 우정으로 바라보고 있지 않은가.

친구들아, 너희들은 모를 것이다. 내가 맺었던 인연들을 미국과 한국의 거리만큼이나 멀리하고서 몸에 배었던 인습과 관념, 문화, 언어들을 뛰어넘으려 미국방송만 듣고 있었다는 것을……. 최근에야 한국 영화와 비디오를 보며 연어의 귀향(歸鄕)을 몽상(夢想)하고 있었다는 것을……. 훨훨 날아 미국으로 갔다지만 결국은 우주 안에 갇힌 개구리이기는 마찬가지로 자유자재(自由自在)하지 못했다는 것을. 그저 인간의 형상으로만 이국의 하늘과 땅을 떠돌며 또 다른 자유를 갈망하는 나는 버릇처럼 그것을 목적삼아 살고 있음을 너희들은 알지 못하리라.

나는 친구들과 헤어지면서 "이 못난 친구를 만나러 와 주어서 정말 고맙다."라는 인사를 했다. 나도 모르게 저절로 나온 말이었다. 그것은 진심이었다. 그러나 사랑하는 친구들아! 이 말만은 기억해다오. 나는 너희들을 항상 소중하게 마음속에 담고 그리워하고 있었다는 것을.

4

뉴욕의 혼불

조국을 위한 기도

인류의 스승이요, 세계의 양심인 간디는 '우리를 파멸시키는 일곱 가지'를 원칙 없는 정치, 근로 없는 축재(蓄財), 양심 없는 쾌락(快樂), 인격 없는 지식(知識), 도의(道義) 없는 기업(企業), 인간성 없는 과학(科學), 희생 없는 신앙(信仰)이라고 했다.

요즈음 국내외적으로 모두가 정치가들이 된 듯하다. 신문에 계속 되는 기사들, 칼럼, 개인적 발언들까지 폭포수처럼 쏟아내는 식견들이 대단하다. 그것들을 읽느라고 나는 많은 시간을 할애하며 소망한다. 부디 정치적인 철학과 윤리가 지배하는 조국, 민주화를 위해 흘렸던 수많은 영령들의 피가 헛되지 않기를 빌어 본다.

경제 대통령을 뽑으면 당장이라도 부자가 될 것 같은 환상들로 가득했던 국민들의 함성이 무섭다. '진심이 빠진 사과는 모욕이

고, 기만행위다.'라며 쇠고기 파동으로 뿌리째 흔들리고 있는 조
국의 정국과 민심을 보면서 걱정이 된다. 기대가 크면 실망도 그
만큼 크다고 했던가. 잘살아 보자고 '행여나' 하며 걸었던 희망이
'아니다' 싶은지 먹구름을 걷어 버리기라도 하듯 안간힘을 쓰는
것 같기도 하고, 미리 회초리를 들어 다가올 잘못들을 방지하기
위해 몸부림을 치는 것 같기도 하다.

맹자께서는 '항산(恒産)이 없으면 항심(恒心)이 없다' 했다. 경제
적 독립이 없으면 정신적 독립이 없고, 경제적 생활 안정이 안
되면 정신적 생활 안정이 안 된다 했으니 국민이 경제적으로 잘
살면 좋겠다. 그런 정치를 잘했으면 좋겠다. 그런데 정말 잘사는
게 무얼까.

권력을 쥐면 자연히 재산이 따라오고, 재산이 있으면 권력을
휘두르기 쉬워진다고 한다. 그래서 수단과 방법을 가리지 않고,
권력을 쥐려 하고, 돈을 벌려고 하는 것일까. 그렇게 얻어진 재산
을 가지고 사는 다른 사람들을 지배하며 가는 게 잘사는 걸까.

인간만이 부끄러움을 아는 존재라 한다. 짐승들은 결코 얼굴이
붉어지는 일은 없다. 양심에 그릇된 일을 하고 얼굴에 홍조를 띠
는 것은 인간밖에 없다. 그 영광은 반성하는 자에게만 내려지는
별빛 같은 영롱함이다. 그 빛은 남이 먼저 알아보게 되는데 그
빛이 보이지 않으니 국민들이 소란을 피우는 걸까.

정당한 노력으로 정당하게 얻어진 재물만이 축복받은 재물일

것이다. 어떠한 경우라도 지조를 지키며 정직하고, 성실한 사람들이 잘 살 수 있는 나라, 그런 나라를 만들려고 노력하는 지도자들이 대한민국에 많이 나오기를 염원해 본다.

1929년 4월 2일 인도의 시성 타골이 우리 민족을 위해 발표했던 격려의 송시 「동방의 등불」을 읊어 보며 두 손을 모은다.

미국 속의 한국인

1968년 삼성 출판사에서 초판이 발행됐던 이어령 선생이 쓰신 『한국과 한국인의 정신적 고향』편에는 단군신화에 대한 해석이 들어 있다.

인간이 되고 싶어 하는 곰과 호랑이에게 환웅은 쑥과 마늘을 주고, 백일을 어둠속에서 견디라고 했다. 호랑이는 참지 못하고, 뛰쳐나갔으나 곰은 참아서 이겼다. 그 고난은 신이 준 시련이며, 그 어려움을 이길 수 있는 힘은 호랑이의 외적 투쟁이 아니다. 맵고, 쓴 음식을 먹으며 햇빛을 보고 싶고, 감미로운 음식을 먹고 싶은 자기 마음의 유혹을 이겨내는, 안으로 피멍이 맺히는 내적 투쟁에서의 승리를 의미한다는 것을 잘 설명하고 있다.

우리 조상들은 사람을 신과 동물의 중간적 존재로 생각했다. 사람대접을 받기 위해서는 그만큼의 고통을 참고 견디어야 한다.

그 상징적 존재를 곰으로 비유하여 민족의 정신적 고향을 들여다보게 해준다.

이 신화는 읽는 순간부터 내 마음속에 뿌리로 심어져 있다. 어려움이 닥칠 때마다 한 마리 곰이 되어 동굴 속에 갇힌다. 어둡고, 무섭고, 답답하여 그 고통이 죽을 것 같아도 곰처럼 웅크리고 참는다. 반절 이상은 견뎌내지만 그러지 못할 때도 있으니 나는 아직도 완전한 인간이 못되었다는 자각을 한다.

고전 무용 중에서 승무를 배우고 있던 해린이를 보면 호흡과 동작이 진중하고, 무거웠다. 가냘프면서도 아스라하게 이어지는 동작의 선이 보통 인내심 가지고는 어렵겠구나 싶었다. 마치 선조들이 살아온 삶이 그 속에 녹아 있는 듯 묘한 여운을 주어 감동을 받았었다.

대 가족 속에서 나를 버리고, 가정을 지키던 여성들의 인내와 희생. 강대국 사이에 끼어서 932회라는 엄청난 외침을 당하면서도 나라를 지켜온 민족정기의 힘. 그 끈질긴 민족성이 전통적인 율동 안에도 살아 있는 듯 했다.

서울국립박물관에 소장된 청자, 백자, 불상 등 십만여 점이 넘는 각종 문화재와 1만 점이 가까운 유물들도 사람의 굳건한 의지와 끈기, 정성으로 빚어진 진귀한 것이 많다고 한다.

최근에 가정문제상담소에서 발표되는 동포 사회의 문제는 여러 가지다. 그 중에는 부부간의 문제가 가장 큰 이슈로 떠오르고 있다. 이혼율이 높아지다 보니 "너희 부모는 이혼 안했니?"라는 말을 아무렇지 않은 듯 사용하며 자라야 하는 시대에 어린이들이 살고 있다는 것이다. 참지 못하는 현대인의 속성이 그런 결과를 가져온 듯하다.

그럼에도 불구하고 탈선하는 동포학생들이 적고, 공부 잘하고 훌륭한 2세들이 배출되는 것은 놀랍기만 하다. 그만큼 한국인들의 정신적 체내에 뿌리박힌 한국적 정서가 가정교육으로 결집되어 나타나고 있는 것이리라.

미국의 공교육은 전통적으로 유치원에서 고등학교 졸업반 12학년까지 의무교육이지만 인성 교육은 거의 외면하고 있다.

예로부터 '가화만사성(家和萬事成)'을 만복의 근원으로 삼고, '참을 인(忍)이 셋이면 살인(殺人)도 면한다.' 는 정신을 배태하고 있는 미국 속의 한국인들은 가정에서나마 그것을 실천해 오고 있는 듯하다. 민족의 정체성에 대한 정신 교육은 그만큼 중요하다.

미국인들에게는 프런티어 정신이 있고, 영국인들에게는 국제 신사 정신이 있으며, 독일인들에게는 게르만 민족의 호전성이 있고, 중국인들에게는 중화사상이라는 정신과 일본인들에게는 구미초월 정신이 있다고 한다.

우리 민족에게는 동방예의지국이라는 높고 경건한 성인정신과 열심히 일하자는 생활 정신이 있으니 얼마나 다행인가. 그 정신을 잊지 말아야겠다.

내가 존경하는 인물들

나는 나라와 민족을 위해 살다간 인물들을 존경한다.

나는 이순신 장군을 존경한다. 모든 모함과 권력의 암투 속에서도 꿋꿋하게 자신의 본심을 잃지 않고, 그 많은 일본과의 전쟁을 승리로 이끌어 낸 지혜로운 성웅(聖雄)의 생애를 존경한다. 그는 저세상에서도 나라와 민족만을 걱정하고 있을 것 같은 민족의 수호신이다.

나는 신채호 선생을 존경한다. 그는 지조 있는 사람이었다. 그가 조국의 독립을 위해 일본인들에게 굽히지 않았음으로 그가 존경스럽다. 적당히 휘어지고 흘러가면서 여유 있게 편안한 길을 가지 않고, 오로지 조국 독립이라는 대의를 위해서 자기 신념을 굽히지 않았던 강직하고 곧은 성품을 존경한다. 오직 광복된 조국에서만 자기 책을 출판하겠다고 했던 그의 고집도 존경한다.

뤼순 감옥에서 죽으면서까지 "내가 죽거든 내 시체가 왜놈들의 발길에 차이지 않게 화장을 하여 그 재를 멀리 바다에 뿌려 주시오."라는 유언도 존경한다. 나라가 광복되기 전에는 죽어서도 돌아갈 수 없다는 그의 일편단심을 존경한다. "많은 희망과 큰 슬픔을 아울러 하여 너를 이 세상에 보냈노라./ 바라노니 장수하라, 소리치라./ 유수와 같을 지어다." 고국의 앞날을 바라며 젊은이들에게 이 글을 남긴 선생을 존경한다.

나는 한국의 잔다르크로 불리워지는 유관순 열사를 존경한다. 여자로 태어난 시대적 한계를 뛰어넘어 기꺼이 삼일 독립운동에 앞장선 선구자적 기개를 존경한다. 온갖 악형에 시달리면서도 "죄를 지은 것은 일본인이다. 그런 일본인에게 우리를 재판할 권리가 있단 말인가?"라고 결코 굴하지 않았던 처녀 투사의 투쟁을 기억하며, 가슴으로 눈물이 흐를 만큼 존경한다.

나는 세 발의 총탄으로 민족의 원수인 이토 히로부미를 죽인 안중근 의사를 존경한다. 공판 중에 이등박문을 죽여야 했던 열다섯 가지 명쾌하고 충분한 이유들을 말할 수 있었던 안 의사를 존경한다. 판결에서 사형선고를 받게 될 아들에게 "살려고 항소를 하지 말고, 당당히 죽으라."고 말할 수 있었던 안중근 의사의 어머니를 존경한다.

나라를 구하기 위해 아내와 자식을 칼로 베고 싸움터로 향했던 백제의 계백 장군을 존경한다. 죽기를 각오하고, 당의 십 만 대군과 신라의 오 만 대군을 단 5천 명의 결사대로 장렬하게 막아 싸우다 황산벌에서 장엄하게 죽어 갔던 그 용맹을 존경한다.

고려 말기의 문신, 학자, 의창을 세워 빈민을 구제하고, 유학을 보급하였으며 성리학에 밝아 국운을 바로 잡고자 했던 정 몽주를 존경한다. 죽음을 예감하면서도 목숨을 내어 놓는 단심가(丹心歌)를 지어 바쳤던 그의 절개를 존경한다.

민족 통일을 위한 정부수립을 강렬하게 밀고 나가다 암살당했던 김 구 선생을 존경한다. 만주에서 독립군으로 활동하다 죽어간 김좌진 장군을 존경한다.

이름조차 기억되지 못하고 독립을 위해, 국가와 민족을 위해 싸우다 죽어간 수없이 많은, 애국 열사들을 존경한다.

우리의 역사 속에 목숨을 던져 지조와 절개를 지켰던 그분들의 순결한 정신이 있었음이 참으로 자랑스럽고 존경스럽다.

나이와 함께

내게는 모범을 삼아 나를 바라보게 하는 인생 선배 두 분이 계시다. 한 분은 나보다 나이가 많고, 학식이 많은데도 나를 선생님이라 부르며 겸손한 모습을 보여 주는 분이고, 한 분은 나이는 위지만 친구처럼 대해 주고, 자기와 관련된 얘기를 숨김없이 말해 주어 거울로 삼게 하는 분이다.

그 두 분은 육십 대가 되었을 때의 내 모습을 상상해 볼 수 있게 하는 좋은 대상들이다.

한 분은 안으로 모든 고통을 참고 인내하면서 자기감정을 잘 다스리는 분으로 자기 품위를 잃지 않으려 노력하고, 한 분은 말을 하고, 행동을 해서 진보적인 모습을 보여 주고 있다.

한 사람은 나이가 먹을수록 부부가 오순도순 살아야 한다고 생각하고, 한 사람은 남편과 떨어져 살게 되어도 직장을 찾아 고국에서 잠시 떠나 살다가 다시 미국으로 온 여성이다.

두 사람 다 존경할 만한 부분이 있는 것 같다. 한 사람은 자기 권위나 존재 가치를 높이려는 교만과 불손한 태도가 없어 좋고, 겸손하고, 온유하고, 예의를 지키니 좋다. 한 사람은 자기 발전을 향해 쉬지 않는 열정이 좋고, 자신을 가장하지 않고 있는 그대로 보여 주어 상대방이 마음을 편안하게 열게 하니 좋은 것 같다.

한 여성을 보면서 느낀 것은 '나이를 먹을수록 마음이 곱고 아름답게 늙어야 하겠구나.' 하는 것이고, 한 여성을 보면서는 '나이를 먹더라도 씩씩하고 활기차게 살아야 하겠구나.' 하는 것이다.

사람은 누구나 나이를 먹게 되고, 그 인생도 나이와 함께 변화되어 가는데 어떤 사람은 그냥 늙어 가고, 어떤 사람은 가치 있고, 보람 있게 나이를 먹는 것 같다. 어떤 사람은 가까이 하고 싶은 마음이 나게 하고, 어떤 사람은 멀어지고 싶은 마음이 나게 한다.

나는 과연 어떤 모습으로 육십 대를 맞이하고, 보내게 될까.

육신의 젊음도 중요하지만 마음에도 물을 주고, 싱싱하게 가꾸어 푸근하고 아름다운 노년을 준비해 보아야겠다.

가훈과 가정철학

　시아버님께서 돌아가시기 몇 달 전 한 통의 편지를 우리에게 보내셨다. 그 편지 속에는 집안의 가훈인 '건강, 진실, 원만'이라는 시아버님의 평소의 신념과 가정 철학이 자필로 씌어 있었다.

　첫째는 사람이 행복하기 위해서는 정신적인 안정과 음식 조절, 규칙적인 생활, 운동 등으로 자신을 잘 보살피라는 것이었고, 둘째는 참되고 성실하여 남과 나에게 양심을 지키고 정직하게 살면 순탄한 길이 항상 열리게 되어 있다는 것이었고, 셋째는 너무 딱부러지고 모가 나 남을 섭섭하게 하거나, 원한을 짓지 말며 순리에 맞춰 온후하게 살아야 된다고 일러주시는 내용이었다.

　오월이 가정의 달이고 보니 시아버님께서 남겨 주셨던 말씀들이 새삼스레 나의 가정을 밝혀 주는 촛불의 위력으로 다가온다. 사람은 대부분 가정이 있고, 그 가정이 행복하길 염원하지 않는 사람은 없을 것이다.

세상이 복잡해 갈수록 가정은 인간이 안주할 수 있는 가장 안락하고, 편안한 장소가 되어 가는 것 같다. 마음에 맞는 사람끼리 얼굴을 마주하고, 사랑의 정서를 나누고, 자녀를 낳고 키우며, 혈연을 가꿀 수 있는 보금자리가 바로 가정이기 때문일 것이다.

사회에서 마주쳐야 하는 찬바람과 치열한 생존 경쟁도 가정의 너그러운 이해와 따스한 애정으로 피곤했던 영혼을 어루만져 주게 된다. 그러니 행복한 가정이 있어야 사회에 나가서도 활기차고 힘 있게 일하여, 행복한 사회를 만들고, 행복한 국가, 행복한 세계가 가능할 것이다.

이민 생활을 하다 보면 많은 어려움이 있고, 절망이나 고통스런 감정이 따른다. 그러다 보면 부부가 서로의 인격을 존중하지 않게 되어 가정불화를 겪게 되는 일이 많이 생기게 된다. 인생의 변화와 갈등은 파도만큼이나 큰 요동으로 가정을 흔들 수도 있으리라.

그때를 대비해서 평소에 자신의 인생관이나 가치관을 점검해 보고, 자기 존엄성을 살펴보며 정신 무장을 튼튼히 할 수 있는 가훈을 근거로 가정 철학을 세워 둠이 선견지명이 될 것 같다.

제주도 여행을 마치고

유홍준 교수의 『답사 여행의 길잡이』를 보면서 나는 내가 미처 가보지 못한 제주도 여행을 한국 방문 시에는 꼭 실행해 보리라 했었다.

3년 전, 한국 방문 시에 조선대학교 교수로 계시던 둘째 형부의 은퇴 기념여행을 제주도로 가자 했었는데 내 일정이 맞지 않아 취소해서 아쉽기만 했었다. 다행히 작년에야 둘째 형부와 언니, 넷째 언니, 조카 철현이와 3박 4일로 다녀와서 미루던 소원을 성취하였다.

필라델피아의 롱 우드 가든에 비교하면 조금은 인위적이다 싶었던 제주도는 상상했던 것 이상으로 가는 곳마다 즐겁고, 풍요롭고, 정말 한국 땅인가 싶게 이국적 풍취를 풍겨 주었다. 직접 오렌지 밭에 가서 투박한 노란 오렌지를 손으로 따면서 시골 친구네 과수원에 온 것 같은 감흥을 맛보았다. 울퉁불퉁한 촌스러운 것이 자연산이란 증거로 더 맛이 좋다하여 몇 상자 사기도 했다.

　제주도 여행을 끝내고, 김포공항에 11시쯤 도착하니 훤한 대낮이었다. 많은 행선지의 번호를 단 버스들이 배차장 주변의 여기저기에서 잠깐 정착하다가 바쁘게 떠나곤 했다. 한국에서 버스를 이용해 본 지가 너무 오래되었다는 감회가 그 버스들을 보자 되살아났다.

　"버스를 한번 타보자."

　무거운 가방을 들고 버스 타기란 쉽지 않았으나 새로운 문화(?)를 받아들이고 싶은 호기심으로 몇 대를 놓친 뒤, 간신히 일산 그랜드백화점 가는 버스를 탈 수 있었다. 몇 십 년 만에 서울에서 버스를 타보는 것 같았다. 앞 의자에 앉아서 차창 밖으로 스치는 서울 풍경을 보니 반가웠고, 낯설지 않았던 것은 내가 살다간 모국이기 때문일 것이었다.

　"미국에서는 앞문으로 내립니까?"라는 기사의 목소리에 "잘 모르겠는데요."란 대답을 엉겁결에 하고 차에서 내렸다. 등뒤에 꽂히는 느낌이 아무래도 이상하여 고개를 갸우뚱 하며 아차! 싶어졌다. 한국에서는 앞문은 올라타고, 뒷문은 내리게 되어 있음을 미처 몰랐던 것이다. 택시를 탈 때도 운전석 반대쪽으로 타야 되는 것이 예의라고 했다. 지하철을 타고서는 티켓을 넣기만 하고, 가지고 나오지 않아 당황하기도 했었다. 멍하니 서있어도 돈을 받으러 오는 사람이 없어 칸막이 밑을 엉금 기어 나오는 강아지 흉내를 내게 되니 어설픈 뉴욕 촌놈이라는 것이 표시 나는 것 같았다. 공용 화장실에 화장지가 없는 곳이 있으니 비상용 휴지를 가방 속에 꼭 넣고 다니라는 언니들의 충고도 잊지 않도록 했다.

　미국에 사는 동포들은 모국에 대한 목마른 그리움으로 가는데, 그곳에 익숙지 않은 해외 동포들의 실수는 본국인들의 눈살을 찌푸리게 하는 것 같다.

뿌리 교육의 보람

사람이 인생을 살아가는데 있어 가장 중요한 것은 무엇일까. 사람마다 그 대답이 다를 것이다. 어떤 사람들은 권력이나 명예, 돈, 직업, 사랑 등을 말할 수도 있겠지만 나는 자기가 하는 일에 보람을 느끼는 게 아닐까 한다.

지난 10여 년 동안 원광 한국학교에서 봄꽃 망울 같은 어린이들, 중·고등학생들의 뿌리 교육을 지도해 오면서 많은 보람을 느꼈다.

토요일이면 집에서 놀고 싶고, 텔레비전도 보고 싶을 어린이들이 가방을 메고, 한국학교를 찾아오는 모습을 보면 너무나 기특하고, 갸륵하여 그저 볼에 뽀뽀도 해주고 싶고, 안아 주고 싶고, 머리를 쓰다듬어 주고 싶기만 했다.

어른이라는 내 마음의 키를 낮추어 같이 놀기도 하고, 웃고, 공부하는 게 여간 즐거운 일이 아니었다.

한국학교 교사를 처음 시작한 첫 학기에는 교사라는 직업이 참 힘들구나 하는 것을 느꼈고, 다음 학기에는 못하겠구나 싶었는데 한 학기, 또 한 학기가 지나면서 뿌리 교육에 대한 가치와 보람이 올 봄으로 십여 년이 넘어 장기근속상을 받았다.

"선생님 안녕하셔요? 선생님 안녕하셔요?"

토요일 아침이면 밝은 얼굴로 웃음을 주는 어린이들에게 "그래. 일주일 동안 잘 지냈니?"라는 응답으로 시작하여 아침 자습, 명상, 작문, 회화, 고전무용, 한국어 노래 등 우리글과 우리 문화를 어린이들에게 전해 주고, 알려 주는 일은 우리 세대가 다음 세대에게 해줄 수 있는 가장 보람된 일처럼 여겨지고는 했다.

"선생님, 언제 민속잔치를 해요? 이번에도 제기차기, 널뛰기, 줄다리기 등등도 해요?"

해마다 가을 학기면 푸른 하늘을 배경으로 플러싱 메도우 파크나 키세나 파크에서 어린이 민속 잔치를 해온 어린이들의 눈망울에서는 '뉴욕 어린이 민속 큰 잔치'에 대한 기대가 눈에 보이도록 일렁이고 있음을 본다.

그동안 어린이 민속 잔치를 교내 행사로만 해오면서 우리끼리만 너무 즐거운 게 아닐까? 동포사회 어린이들 모두가 다같이 즐거운 민속놀이가 되게 할 수는 없을까 했었는데 공개적으로 열리게 되니 흐뭇하기만 하다.

한국에서는 1922년 방정환 선생이 발족한 색동회가 주동이 되어 3·1 운동 이후, 어린이들에게 민족정신을 고취하고자 5월 5일을 어린이날로 정했다고 하는데, 뉴욕 동포 사회에는 그런 행사가 없어 안타깝기만 했었다.

'5월은 어린이날, 우리들은 자란다. 5월은 어린이날, 우리들 세상…'이라는 노래도 있듯이 우리 어린이들은 민족의 중요한 보배요, 꿈나무들이다. 잘 키우고 보살펴서 우리 동포 사회의 기둥으로 삼아 더 큰 보람의 주역이 되게 해야 할 것이다.

5

비오는 날
그 거리에서

비오는 날 그 거리에서

그 날은 그 길에 보슬비가 부슬부슬 내리고 있었다. 하늘나라에서 내리는 비의 천사가 옷자락을 적시고, 시온성의 불빛조차 흐리게 할 것 같은 요술을 부리고 있었다. 낮의 밝음은 어설피 우는 빗소리에 묻혀 우울한 거리의 그림자로 변화해 갔고, 감성의 낮은 발소리가 자근자근 내려간 심연의 저 깊은 곳에서 영혼의 목소리가 되어 입안으로 쏟아져 나오려고 안간힘을 쓰고 있었다. 거꾸로 곤두박질을 치고, 가슴에서 목구멍을 타고, 급기야는 입밖으로 왈칵 뿜어져 나오려는 슬픔이 있었는데 정작 심장 안으로 삼켜져 버린 것은 추억의 비통함이 앞섰기 때문이었다.

아무도 없는 쓸쓸해진 그 길을 걸으면서 잊어 버려야 할 것들을 모음하는 별스런 각오가 혈관을 타고 녹아 내렸고, 무더기로 고여 있던 피멍울들이 울컥 토해내고 말 것 같은 절규로 파열해 갔다.

　허나 곁의 사람도 들리지 않을 그 악의 없던 외침은 시월, 비오는 날의 소음에 묻혀 버렸고, 그것은 비오는 날 그 거리에서 마주쳤던 사람들과의 미덕이 되었다. 잠든 자의 목젖을 후벼 파고 가슴으로 내려가 사랑의 궁전을 찾아냈던 여신은 체면과 율법으로 길들여진 존재의 외곽 따위를 무시하며 무너져라, 무너져라, 안간힘을 다하여 충동질했다.

　그 안에 잠자고 있던 자존의 머리가 코브라처럼 고개를 빳빳이 쳐들고 그 거리의 중간쯤에서 목례를 했을 때에야 역사를 지키고, 민족을 지키고, 사회를 지키고, 가정을 지키던 꼿꼿한 작대기의 정신적 힘이 넘쳐나게 되었다.

　누구의 입에서나 아무렇지 않게 하찮게 흘러나올 말들이라면, 비굴한 옷을 입고 세상을 활보할 언어들이라면 고귀하고 성스럽게 붙잡고 있던 그 고매한 손을 결코 놓아서는 안 된다는 것을 알게 되었다.

　그 거리에 다시 비가 오는 날, 바람이 불고 가지가 흔들리고 있었다. 사람들이 사라져 버린 거리에 스산한 군중들의 수군거림 같은 부대낌이 후두둑 날개를 꺾어 땅위로 내동댕이쳤다. 그 거리에서 맺어졌던 무수한 약속들이 그 나뭇잎에 맺혀있던 눈물들과 함께 그 가지에서 흘러 내렸다.

　운명처럼 낮은 곳으로만 흐르던 빗물들의 절망이 한 곳으로 모여 더 깊은 방황으로 으르렁거렸고, 주워 올릴 수 없는 소망들은 혼란한 슬픔에 빠져 들었다.

그러는 사이 우산을 받쳐 든 이방인들이 몇 사람, 동정심 없는 얼굴로 사라져 갔다. 열망으로 너울거리던 맹렬한 몸동작들이 우주의 더 깊은 곳으로 내려가, 저 땅 끝까지 끌고 갈 것 같은 부르 짖음을 내뱉으며 사방으로 보이지 않는 그물을 치며 너울거렸다. 그 안에 멈추어 서는 이는 없었다. 금 밖으로 도망치듯 떠나가는 나그네들의 뒷모습이 보일 뿐이었다.

비오는 날, 그 거리에 이별의 시간이 왔다. 우산 속에 숨어 버린 가녀린 속삭임과 그 거리를 전율시키던 사람들의 체온이 옛이야 기가 되어, 세월의 끝줄기를 따라가며 붙잡혀 갔다. 그 거리에 남아있던 기억들은 그리움의 수치가 되었다.

추운 계절의 옷을 입고 절뚝이며 걸어가던 사람들에게 보낸 자비의 눈길과 비틀거리던 허리춤 사이로 차가운 빗줄기가 스며드는 것을 서글퍼 했던 지난날들 또한 작은 움직임이 되었을 뿐이다. 우산도 없이 걷던 나그네의 발등 위에 노랗고, 붉은 단풍잎들을 뿌려 예쁜 신발들을 만들어 주었던 소박한 기쁨마저 희귀한 오명으로 남게 되었다.

이 모든 것이 사람 사는 이치에 밝지 못했던 우매함 때문이라고 탓해 보았으나 반성조차 부질없는 것이 되었다. 그랬을 것이다. 먼 길을 떠날 나그네는 자신이 받았던 은혜의 무거움을 벗어 버리듯 휘익, 휘익 휘파람을 불었고, 남겨진 자는 그 때 알았다.

푸드득! 새 한 마리가 날개를 털고 일어나 주변을 살피다가 휙! 날아가 버릴 수도 있다는 것을. 비오는 날, 그 거리에 살던 단 한 마리의 파랑새였는데…….

길 양쪽으로 근엄하게 서서 침묵하던 나무들은 그제서야 눈을 뜨고, 생명의 단근질을 시작하였다. 물과 열과 숨을 끌어 올리는 팔딱거림이 살아있음의 증거라고

겨울날의 사색

뉴욕의 겨울은 거실 서창으로 보이는 하얀 색깔만은 아니다. 거리를 지나는 계절의 흔적이 소리 없이 왔다가 소리 없이 사라지는 침묵만은 아니다. 잠에 취해 겨울을 잊고 있는 것은 더욱 아니다.

하얀 눈이 덮고 있는 지하의 동면이 희망의 움트는 소리로 바뀌어 가는 시간이다. 귀 기울여 들어 보면 그것들의 숨 쉬는 소리가 들리고, 얼어붙은 대지 속에서 꿈틀거리는 날개 접힌 것들의 휴식이 푸른 하늘을 꿈꾸고 있음을 알게 된다.

자동차들의 소음은 하얀 눈 속으로 사라져 갔고, 발소리는 끊기고, 인적 없는 창가에 고독의 담이 쌓여 간다.

참을 줄 모르는 사람일지라도 강아지처럼 하얀 순결 위에 뒹굴지는 않을 것이다. 경건하게 모시고, 흠모의 눈길을 보내며, 자기 안에 숨어 있는 착한 본성을 찾아내어 소망의 싹을 틔우는 준비를 해 둘 것이다. 인내의 깊이는 차가움 속에서 의지의 속살로 두꺼워지고, 단순하고, 가벼운 내면들조차 안으로 침잠하여 숙성되고 말 것이다.

겨울 같은 사람은 그렇게 탄생하여 세상에 유익을 주러 오리니.

우주의 밑 둥지까지 뻗어 간 사색의 뿌리가 하얀 천사의 미소를 짓고, 추억과 사랑과 잊혀진 이름까지 불러내어 굳은 가슴에 그리움을 탄생시킬지라도, 흔들림 없는 무게로 그 자리에 서 있을 수 있는 사람―나의 연인은 그런 품성을 지니고 올 것이다.

지난 것들은 노을같이 아련하고, 부서져 가는 파도의 거품 같기도 할 것이나 소중함을 담은 성찬의 그릇들을 곱게 챙겨야 한다는 것을 그는 곧 깨닫게 될 것이다. 하얀 눈 속에 냉혹함이 서려 있는 것은 인간을 예비시킨 창조주의 자비 같은 것이라는 것도 알게 될 것이므로.

인생의 계절에도 하얀 겨울은 있다. 허나 한 철, 눈이 쏟아지는 겨울일지라도 영원에 비하면 순간이 되고 만다는 것을 겨울을 지난 사람들은 알게 되리니.

손바닥에 하얀 눈을 가득 쥐어 보면, 따듯한 마음의 열기에서 눈이 녹아내린다는 것을, 불경기의 한파도, 고향의 눈 같지 않은 뉴욕의 하얀 겨울도, 정을 붙이고 살기엔 알맞은 체온으로써 가능해진다는 것을 함께 깨닫게 되는 것이다.

그 길로 가서

뚜벅, 뚜벅, 뚜벅, 한 사람이 길을 걷는다. 뚜벅, 뚜벅, 뚜벅, 또 한 사람이 그 길을 간다. 한 사람, 두 사람, 세 사람, 모든 사람들이 그 길로 간다. 아무도 피해 갈 수 없는 길이다. 그 길은 앞으로만 가야하는 외길이다. 되돌아 올 수는 없다.

개미처럼 산다는 것의 무거운 짐을 지고 그저 걷고 걷는다. 행복한 이도 불행한 이도, 외롭거나 지친 사람이거나, 화려한 이름을 가진 자이거나 가녀린 삶의 한 자락도 쥐어 보지 못한 자이거나, 그 누구에게나 공평하여 불평하거나 외면할 수 없는 길이다.

운명이나 숙명이란 길 이름이 그 길 위에 있기는 했다. 몸을 파르르 떨며 생명의 존립을 위한 가느다란 희망처럼, 아니면 미완을 위한 생의 통로를 통과하기 위한 구실로, 아가리를 벌리고 정체 모를 날들을 집어 삼키려는 의문들을 풀어 보기 위한 암호로 사용되었던 적이 있었다.

큰길, 작은 길, 바른길, 비뚤어진 길, 험한 길, 꽃길, 찻길, 자갈길, 외딴길, 산중 길, 아는 길, 모르는 길, 황토길, 수렁 길, 처음 길, 익숙한 길, 사랑의 길, 애국의 길, 정의의 길, 배움의 길 등등, 실체적 이름들이나 허공적 이름들이 있기도 하다. 몇 사람들이 그런 길을 만들고 그 길로 가보려 했고, 삶을 그렇게 끝마친 이들도 있으나 진실로 그 길로 갔는지는 의문이다.

두 시인님들의 길 또한 그 길 위에 있었다. 문인(文人)의 길, 시인(詩人)의 길로 다정한 목소리가 그 길 위에 서있는 내 귀에 아직도 생생히 들려오는 듯하다.

그 길을 스쳐 지나가던 계절이나 흔들리는 바람, 피어나던 꽃들은 올 것을 묻지 않고, 떠날 것을 염려하지 않는다. 사람만이 불로장생을 꿈꾸며 서러워한다. 나는 마치 영원히 살아 있을 것처럼.

정으로 태어나 정으로 살고, 정을 못 잊어 눈물 흘린다. 외면하지 못했던 사랑과 그리움이 그 길 위에 남아 있기 때문일 것이다. 자빠지고 넘어지며 달려가서 잡았던 따뜻한 생의 흔적들을 지나치기 힘들기 때문일 것이다. 아직 그 길 위에 남아 걷고 있는 자들은 먼저 간 지인들에게 통곡의 장송곡을 보낼 뿐이다. 저 세상에서 만나자는 약속 외엔 할 것이 없다. 그것이 단지 남아 있는 자들의 희망이기에.

천하대장군과 지하여장군이 죽음의 저승사자처럼 버티고 서서 호령을 한다. '너도 언젠가는 갈 그 길임을 잊지 말아라.'

윤석진, 형남구 시인을 기리며 하늘을 본다. "내 자리 하나쯤 그곳에 마련해 주세요." 라는 부탁과 함께.

뚜벅, 뚜벅, 뚜벅, 나는 오늘도 어제처럼 그 길로 걸어 갈 뿐이다.

사색의 단상

일상의 기쁨

일상에서 풍겨 나오는 기쁨은 생존의 가치를 높여 준다. 잔디 손질을 하거나, 정원의 꽃향기에 취해 보는 것, 아침 햇살과 하늘을 붉게 물들이며 사라져 가는 황혼의 창가에 서있어 보는 것, 일손을 놓고, 잠시 빈둥거려 보는 것, 가까운 바다에 가서 모래사장을 거닐어 보는 것, 반들반들하게 윤기가 나고 둥글둥글해진 돌멩이와 조가비를 주워 보는 것, 책방에 가서 많은 책을 들춰보고, 한두 권쯤 사서 들고 오는 것, 조용히 한 자리에 앉아 명상에 잠겨 보는 것, 오래된 앨범을 보며 웃음을 짓는 것, 추억의 시간을 되새겨 보는 것, 커피 한 잔을 사들고 공원에 앉아 비둘기를 보는 것, 길을 가다 우연히 들러본 뮤지엄 풍경들.

아무 목적 없이 즐겁고, 재미있게 나를 풀어 줄 수 있는 이런 것들 앞에서 나는 생존의 기쁨을 맛본다.

영혼의 쉼터

미국의 거대한 땅덩어리 위에서 자신의 존재가 작아져 버리는 순간, 위안 받을 수 있는 한 폭의 그림이나 시, 수필이 마음속에 떠오른다는 것은 행운이다.

뿌리의 동질성과 고국을 그리는 그리움의 항아리를 채울 수 있다면 더욱 좋을 것이다.

이민을 왔던 첫해, 우리 형편에 걸맞지 않는 오백불(?)이라는 거금을 주고 샀던 서양화 두 점이 내 영혼의 쉼터를 마련해 주곤 했었다. '라버트'라는 화가가 얼마나 유명한 사람인지는 몰랐으나 남편과 함께 전시장 앞을 지나다가 각자 마음에 드는 그림이 있으면 한 점씩 사자고 해서 갖게 된 것이었다. 남편이 택했던 그림은 풍경화로 눈 쌓인 깊은 겨울 산을 그린 것이다. 늘 푸른 나무가 우거져 있고, 마차 지나간 자국이 있으며, 나무 사이로 보이는 작은 집 지붕 위에는 흰 눈이 소복이 쌓여있다. 작은 창가에는 길 잃은 사슴을 부르는 듯한 연한 불빛이 따스하게 스며 나오고 있다.

내가 택한 그림은 푸르른 달빛에 수십 송이의 흰 장미가 푸르름한 빛으로 순결하고, 다소곳하게 피어 있다. 그 그림을 볼 때마다 나는 베토벤의 월광 소나타가 들려오는 듯 귀를 기울이게 된다.

집안의 동양화에 밀려 새삼스레 감탄하거나 보아 주지 않아도 그 어떠한 그림보다 소중하여 간직하고 있다. 그 그림들을 볼 때마다 지나간 삶의 흔적을 보는 것 같고, 내 인생의 골짜기에 졸졸졸 시냇물이 흐르고 있으며, 아직도 봄의 따듯한 햇빛이 남아 작은 풀꽃들이 피어나고 있는 것 같다.

가진 것이 없었을 때, 내면의 부유함을 격려해 주고, 영혼의 순수를 지켜줄 수 있었던 두 폭의 그림이 조강지처와 같다.

천국과 극락

울창한 나무숲을 지날 때 나는 천국이나 극락으로 가고 있다는 착각을 한다. 온갖 과일 나무가 서있는 과수원을 지날 때 나는 무릉도원(武陵桃源)으로 가고 있다는 착각을 한다. 가도 가도 끝이 없을 것 같은 장미꽃밭을 지날 때, 복숭아꽃이 아름답게 핀 강을 따라 올라갈 때 나는 도연명(陶淵明)의 별천지에 와있다는 착각을 한다. 노랑, 빨강, 보라, 갖가지 색깔로 피어있는 꽃밭의 어딘가에 낙원이 있다는 착각을 한다. 그 길로 간다. 끝없이 간다.

코끝에 스치는 향기.

"이곳이 천국이나 극락인가요?"

"아니, 조금만 더 가세요. 조금만 더 가면 천국이나 극락이 있을 거예요. 조금만 더 가세요."

현재는 언제나 미래를 가리키며 손짓을 한다. 가고 가면 에덴동산이 있을 것이라 한다.

과거의 구름 뒤에 숨어있던 장미넝쿨 문이 열리며 청기와 집이 저만치 보인다. "여기가 천국인가요?"

"그래. 여기가 천국과 극락이었지. 너는 이곳에서 살았단다."

과거는 언제나 현재를 비웃듯이 말한다. 지나간 것은 모두 아름다운 거야. 너무 찬란해서 따라가면 천국이나 극락에 다다를 수 있을 것 같지. 하나 지나온 길은 마음뿐인 걸.

현재는 내 손을 다정하게 잡으며 말한다.

"이곳이 극락과 천국이야."

나는 어리둥절하여 그 자리에 그냥 서있다.

새벽

새벽.

새벽이 달려와 문을 연다. 조용한 만남이다. 창문을 열고 하늘을 본다. 무색의 텅 빈 우주가 말없이 고요하다. 그것은 혼돈이 없는 평화다. 그저 가슴으로만 느끼게 하는, 바라보는 이로 하여금 스스로의 가슴을 비우게 하는, 그러면서도 어제까지의 모든 근심 걱정을 사라지게 해주는 참으로 신성한 맑음이다.

새벽은 잠시 바라보고만 있어도 지금까지 있었던 모든 것을 보내버린 아쉬움으로부터 새로운 무엇인가를 기대하는 희망으로 가득하게 한다. 설렘과 새로운 영혼으로 날고 싶어지는 욕망, 세상을 향하여 열고 싶은 순수한 마음, 모든 부정적인 생각의 근원으로부터 가장 긍정적인 차원으로 자신을 끌어 올리고 싶은 충동으로 가득 찬 자신을 만나게 한다.

새벽에는 눈을 감지 않아도 넘실거리며 다가오는 푸른 파도가 있다. 그 바닷가를 거닐며 한가한 갈매기 소리를 듣기도 하고, 하얀 조가비를 줍기도 한다. 가끔은 깊은 숲속의 정적에 누워 졸졸 흐르는 시냇물 소리를 따라가 보기도 하고, 즐거운 새소리를 듣기도 한다.

그러노라면 어느새 두고 온 고향 하늘가를 맴도는 한 마리 나비가 된다. 몇 십 년 된 노송아래 돗자리를 깔고, 동화책을 읽던 소녀, 인간의 죽음과 생존의 의미를, 인간들의 만남과 그 인연에서 잉태되는 기쁨과 슬픔, 고통 따위의 필연성을 생각하고 깨닫기에는 나이가 모자라 순진무구했던 날들이 다가온다. 미소 짓는다. 모든 사물들과의 기억들이 행복으로 가득 고여 있음을 본다.

나이를 먹어도 결코 추해지거나 퇴색하여 없어지지 않을, 내 가슴속에 그려져 있는 한 폭의 깨끗한 그림이다.

새벽은 가고, 아침 해가 떠오른다. 새벽은 스스로를 감추고, 희생하여 빛으로 태어나는 영원불멸의 신(神)이다.

아름다운 사람

세상엔 아름다운 사람이 많다.

언제나 마음을 비워 두고 있는 사람은 아름답다. 그 마음으로 세상을 바라보는 사람은 아름답다. 그 마음속에 기쁨이 있다면 아름답다. 정갈한 가슴으로 세상을 위한 기도가 있다면 그 사람은 더욱 아름다운 사람이다.

아름답기 위해 노력하는 사람은 아름다운 사람이다. 아름답기 위해 고통을 죽이는 인내가 아름답고, 나보다 너를 사랑하려는 자세가 아름답다. 나보다 네가 예쁘다고 말할 수 있는 여유가 아름답고, 뉘우침으로 새롭게 태어나려는 의지가 아름답다.

세상의 모든 사람은 다 아름다운 사람이다. 살기 위해 안간힘 쓰는 모습이 아름답고, 인생이 고해(苦海)라 하면서도 살고 있으니 아름답다. 글 쓰는 이, 그림 그리는 이들은 자기 바다를 간직하고 있으니까 아름다운 사람들이다. 홀로 떠가는 외로움과 고독한 너울이 그 사람을 가리고 빛이 되었다, 어둠이 되었다, 아름다움이 되기도 한다. 수도승이 되었다, 천사가 되었다, 악마의 긴 갈망이 되고 있으니 아름다운 사람들이다.

아름답다는 것은 자기를 버리는 일이다. 오만한 열등감 속에서 자기를 건져내고, 오염된 질서 속에서 향기를 만드는 일이다. 겉으로의 화려함보다 무명옷 속의 인생을 사랑하는 일이다. 그 사람은 그대로 아름답다.

그 아름다움을 위해 나와 그대는 여기 있는 것이다.

그녀

그녀가 내게 왔다.

한 나절을 얘기하고 떠나는 그녀의 뒷모습을 보면서 나는 그녀가 아름다운 사람이라는 생각을 했다. 자기의 속마음을 남에게 다 보여 줄 수 있는 솔직 담대한 사람. "아무에게도 내가 한 말을 하지 말아 주세요"라는 당부를 하지 않는 사람. 그녀의 마음을 열고, 대화 상대가 되어 줄 수 있었다는 기쁨이 온다.

나를 신뢰하고, 믿어 주고, 마음을 받아주는 좋은 친구가 될 것 같은 예감. 그녀는 육안(肉眼)으로 봐도 예뻤고, 심안(心眼)으로 보니 더 아름다웠다. 나도 그녀의 좋은 친구가 되어 줘야지.

새야, 새야

아침에 일어나 창밖을 보니 스산한 바람이 잔가지들을 흔들고 있다.

구정에 불던(양력 2월 18일 2007년) 바람이 조금 남아 있다 묵은해를 떠나며 심술을 부리나 보다.

그 바람에는 상관없다는 듯 새 한 마리가 하늘의 연푸른색을 배경으로 유유히 날아간다. 저 새는 인간의 자유로운 영혼이 새가 되었으리라. 그 새를 쫓아 허공을 끝없이 따라가 본다.

길 위로 황망한 차 한 대가 급히 지나간다. 새는 아랑곳없다는 듯 날개를 훨훨 저으며 높은 창공으로 더 높이 날아올랐다.나의 영혼도 따라 올랐다.

창밖엔 평화

이른 아침, 일어나자마자 블라인드를 위로 올리고 창문을 연다. 베이 윈도우의 넓이만큼 시야가 열린다.

길 건너 두 채의 집과 두 개의 지붕이 똑같다. 한 채는 회색이고, 한 채는 갈색이다. 그 사이로 저녁노을이 붉디붉다. 빨간 홍시 같다. 순간 숨이 멎는다. 자연이 그렇게 아름다울 수 있구나 하는 감탄.

왼쪽 회색 집 창에는 언제부턴가 성조기가 꽂혀 있다. 그 안에 살고 있는 사람은 애국심이 많은 사람일 것이다.

길 건너 오른쪽 집의 지붕 위에서는 연기가 모락모락 피어오른다. 바람에 허리를 비틀며 하늘로 올라간다. 바람 따라 흩어진다.

오늘따라 사람들의 발소리, 차 소리가 들리지 않는다.

미소(微笑)

일찍이 그렇게 다정한 미소를 본 적이 없다. 친밀한 미소를 본 적이 없다.

몇 년 만에, 아주 우연히 포토샵에서 마주친 그가 내게 보낸 미소. 미소년 같은 얼굴과 가냘픈 몸매에 어울리는 미소였다. 나는 그를 마주 쳐다보지 못했다. 마치 오래 사귄 연인이 오래 못 본 연인을 바라보는 듯한, 오래 못 보았지만 항상 곁에 있던 연인을 바라보는 듯한 그윽하던 미소. 어떻게 그는 나에게 그런 미소를 보낼 수가 있는 것일까. 몇 년이 지난 지금까지도 나는 그 미소의 정체 때문에 혼란스럽다. 그 이후로 그를 한 번도 만나지 못했음은 행운일까, 불행일까.

별들을 보면서

나는 하늘을 보며 내 별을 찾는다. 어디 있을까. 하늘의 별들은 총총하다. 검고 푸르스름한 공간에 수없이 떠있는 별들, 그 별들 중의 하나는 내 것일 텐데 나는 아직도 나만의 별을 갖지 못하고 있다. 그게 서운하다.

한국에서 올 때부터 그 별을 정해 가지고 왔다면 미국에서도 그 별을 볼 수 있을 텐데 그러지 못했다. 그러나 별들은 그 별이 그 별 같고, 그 별이 그 별 같아 내 별 정하기가 어렵다. 별들은 개성이 없다. 별들은 그냥 별들이다.

인간의 최대 수명은 100년 정도라고 하는데 별들의 수명은 1억 년쯤 된다고 하니 저 하늘에 아주 오래 살아온 터줏대감들이다. 별들은 네 별 내 별 가리지 말고 모두 사랑해 달라고 한다.

반 잔의 커피를 마시며

반 잔의 커피를 마시며 반 잔의 커피를 희망처럼 남겨 둔다. 반 잔의 커피는 언제나 내게 남겨 있는 그리움의 여백이다.

블랙커피를 마시면 체중 조절에 도움이 된다고 조언을 해 준 친구가 있었는데 쓰고 떫어 내 취향이 아니다. 한 스푼의 크림과

반 스푼의 설탕은 내 커피 속에서 원초적 감미로움을 더한다.

맹물만 마시던 습관이 커피로 바뀐 것은 맹물 같던 나를 사회와 타협시키기 위해 드리는 제식이다.

커피를 마실 때마다 민족이 배고팠던 시절을 기억해 낸다. 배가 부른 것도, 영양가가 있는 것도 아닌 커피를 미국인들에게 받아 마시며 허기를 채우고, 감사해 했던 과거의 역사적 슬픔이 커피 잔에 어리어 있다. 자유의지를 목구멍으로 함께 넘기게 했던 커피의 무게. 그 커피를 나는 생활의 활력소라며 마신다.

마흔다섯이 되기까지 반 잔의 커피도 삼가던 내가 커피 향이 좋아진 것은 잠깐의 피로조차 잊고 싶은 욕망의 과로 현상이다.

문우들 몇 명이 커피를 마시러 그리니치 빌리지에 간 적이 있다. 카푸치노가 유명하다는 그 카페에서 1시간이 넘게 줄을 섰다가 한 잔씩의 커피를 마시고 돌아왔다. 커피 한 잔을 위해 줄지어 서 있던 각종 피부색의 사람들이 반 잔의 커피 속에 어린다. 문우들의 젊었던 호기심과 열정이 그리워진다.

소리

"딸그락, 딸그락"

밖에서 깡통 부딪는 소리가 난다. 그 소리만으로 오늘이 목요

일임을 알게 된다. 시간은 다섯 시쯤 되었을까. 아침은 그 소리와 함께 하루의 시작 선을 긋게 된다.

나는 슬머시 일어나 창밖을 본다. 하얀 레이스 커튼 사이로 얼굴을 숨기고 소리 나는 쪽을 살핀다. 지난주와 똑 같은 백인 할아버지가 열심히 리사이클 통을 뒤진다. 그럴 때마다 '딸그락' 소리가 난다. 가까이서 보진 못했지만 등이 약간 구부정하다. 한참을 이 집 저 집 쓰레기통을 뒤지던, 머리가 하얀 백발노인은 비닐자루에 캔을 골라 차에 싣고 떠난다.

어렴풋한 의식 속에서 잠을 깼는데 '찰칵, 찰칵' 소리가 들린다. 낮에는 신경 쓰이지 않던 시계 소리다. 새벽의 고요가 소리를 부추겨 더 크게 들린다. 겨우 눈을 뜨고 소리 나는 쪽을 보니 둥그런 얼굴을 한 시계가 숫자를 품고 의연하게 서있다. 빨간 색의 길고, 가느다란 초침이 규칙적인 몸동작을 하며 한 소리 한 소리를 만들고 있다. 그 뿐만 아니라 쉬지 않고 자기의 질서대로 움직여 간다. 기계 같다더니 정말 그렇다.

그 소리는 똑딱똑딱 하는 것 같기도 하고 찰칵찰칵 하는 것 같기도 하다. 듣기에 따라서는 그 소리의 이름을 다르게 지어 줄 수 있을 것 같기도 하다. 귀를 기울여 그 소리를 듣다 보니 기차 소리가 들리는 듯하고, 바람소리 물소리가 들리는 듯하다.

영화를 보면 어느 시대적 상황을 뒤 배경으로 하고, 시계를 오버랩해 놓는 경우가 있었다. 그 시계 뒤에서는 기차의 고동 소리,

폭탄 터지는 소리, 전쟁고아들의 울음소리들이 들리곤 했다.

원형으로 돌아가는, 저 시계는 무엇을 되돌려 오기 위해 안간 힘 쓰고 있는 것일까.

돌고 돌아 찾아오는 인과응보의 찰칵거리는 소리를 쉬지 않고 전달해 주고 있다.

행복의 모습

이제 눈에는 지쳤다. 겨울 내내 주말이면 눈이 쏟아져 생업에도 지장이 있었고, 집에 남은 나는 눈 치우기에 바빴다. 몇 해 동안 몇 번 내리고 말던 눈이 미루었다 한꺼번에 쏟아진 것 같았다. 첫눈 오는 날 감상에 젖던 마음도 녹아 버렸다.

봄이 빨리 와야 할 텐데…… 그리운 님을 기다리듯 봄을 기다렸는데 봄비가 내려 반가웠다. 뜰로 나가 따스한 기운을 뺨에 적시니 정말 봄이 온 것 같았다.

작년 가을에 다 쓸어 내지 못했던 낙엽이 비에 젖어 촉촉하였다. 그 사이를 조심스레 헤집어 보니 파란 연둣빛 새싹이 뾰족이 돋아나고 있었다. 겨울 내내 어린 생명이 봄을 준비하고 있었다니 기뻤다.

올 봄에는 정원에 개나리를 심고, 장미도 여러 종류를 심고, 무궁화도 심어야겠다. 이 집으로 이사와 처음으로 맞이하는 새봄을 마음껏 장식할 여러 가지 꽃들을 떠올려 봤다.

몇 년 전 한국에 갔을 때는 내가 살던 고향집에 백합이 만발해 있었다. 평소에는 야채를 즐겨 심으시던 어머니가 나의 고국 방문에 맞추어 화단이며 집안의 텃밭에 내가 좋아하는 그 꽃들을 가득 심으셨다고 했다.

백합을 심고 바라보노라면 어머니의 애틋했던 정성이 자주 떠오르게 될 것이다. 어머니의 사랑이 백합 향기로 남아 내 마음을 채워 줄 것이다.

하늘을 보니 잔잔히 내리던 비도 그치고, 다람쥐 두 마리가 데구르르 데구르르 나무를 타며 위 아래로 오르내리고 있다. 나무 밑에 앉아 있는 하얀 석고상 소녀의 바스켓을 들여다보고, 고개를 몇 번 요리저리 흔들어 보더니 어디론가 쪼르르 굴러가 버렸다.

옆집 아이들, 우리 아이들이 모두 학교에 가버려 주변은 적막할 만큼 고요하다. 이 동네의 모든 집들은 크거나 화려하진 않으나 집집마다 아기자기하게 정원을 잘 가꾸고 있다. 소박하고 부지런한 사람들이 살고 있음이다.

나는 봄비처럼 따스한 이런 분위기가 마음에 든다. 더도 말고 덜도 말고 이 만큼의 행복이 편안하다.

6

책 속의 빛

어빙의 집을 찾아서 / 유정

뿌리, 알렉스 헤일리

어빙의 집을 찾아서

'위대한 인물에게는 목적이 있고, 평범한 사람들에게는 소망이 있을 뿐이다.'

워싱턴 어빙이 한 이 말을 떠올리며 집을 나섰다. 하늘을 보니 청명했으나 요즈음 날씨 변화가 심하여 비가 오지 않을까 하는 염려를 했다. '미국이 낳은 최초의 가장 위대한 낭만주의 산문 작가'인 어빙의 집에 가는 날이니 참아 달라고 하늘에게 빌었다.

역사적 유적지인 허드슨 벨리, 써니싸이드 어빙의 집에 가면 수필가이면서 소설가로 많은 명작들을 남긴 어빙의 흔적들을 만날 수 있을 것이다. 위대한 작가이니 그가 목적했던 곳으로 흘러든 강줄기가 큰 바다를 이루고 있을 거라는 기대로 가슴이 설렜다.

키 큰 나무들이 하늘에 닿을 듯 죽 늘어서 있는 숲 속을 한 시간쯤 달려 테리타운, 어빙의 집에 도착하니 밝은 햇살이 곱세 웃어 준다. 분홍색 셔츠를 입은 여인 둘이 화원의 꽃들을 돌보느라 허리를 굽히고 있어 꽃들 속에 숨어 있는 나비를 연상시킨다. 차를 정차하고 언덕에 서니 허드슨 강이 시야에 들어와 어빙이 왜 이곳에 오두막집을 구입했는지 알 것 같다. 십 에이커 의 대지 위에 고요의 숲이 강과 어우러져 차분하고, 평화로운 광경이다.

어빙은 1783년, 영국계 어머니와 스코틀랜드계 아버지에게서 11명의 자녀 중 막내로 태어났다. 애국심이 강했던 그의 아버지는 어빙의 이름을 당대의 영웅인 조지 워싱턴에게서 따왔다. 어빙은 어렸을 때부터 공부보다는 항상 새로운 경관을 찾아내기를 좋아했고, 특이한 인물이나 풍습들을 관찰하기를 즐겼다. 그의 대표작『스케치 북』속의 작품들은 에세이, 인상서, 짧은 이야기 등으로 품위 있고, 유창한 필치로 영국의 도시와 전원의 풍습, 국민성에 관한 것들을 묘사하여 놓아 인상 깊게 읽었다.

『립반 윙클』은 독일의 '피터 클라우스'의 전설을 소재로 했고, 『슬리피 할로우의 전설』은 독일의 전설인 머리 없는 기병에 관한 이야기에서 빌려왔다. 허드슨 강변을 배경으로 쓴 이 두 작품은 미국 최초의 근대적 단편소설이고, 어빙을 미국 낭만주의 문학의 아버지로 격상시켰다.

도이치 스타일과 19세기 미국적 낭만을 곁들인 어빙의 옛집 입구에 서니 시냇물 소리가 졸졸졸 들려온다. 영혼을 맑혀주는 어빙이 들었을, 자연의 소리를 내가 듣고 있다.

노란 색깔의 긴 드레스와 캡을 쓴 백인 여자 안내인은 "이 플라타너스는 어빙이 태어나기 훨씬 이전에 이곳에 서있었습니다."라며 말문을 연다. 어빙의 시선이 수없이 스쳐갔을 나무에게서 작가가 사색한 시간들을 더듬어 본다.

등나무와 담쟁이, 능소화의 넝쿨이 출입구를 장식하고 있는 어빙의 집안에 들어서자 오른편 방에 그의 책들이 꽂혀 있다. 골동품 같은 중후함을 풍긴다. 백오십여 년 전, 어빙이 살았을 다이닝룸, 가족실, 서재, 구식 부엌들과 집기들이 옛 모습 그대로 간직되어 있어 반갑다. 집안은 화려하거나 빈한해 보이지 않고, 소담하여 정감이 간다. 집안 뒤쪽으로 하인들 전용 계단이 양반, 상민을 나누었던 한국의 계층사회를 떠오르게 하여 기분이 묘해진다. 밖으로 돌아 나와 포치에 앉으니 끝없이 펼쳐진 강과 철둑이 눈앞에 보인다. 소음을 일으키는 기차가 달려와 어빙의 독서를 방해하지는 않았을까.

약혼자인 마틸다 호프맨이 죽은 뒤, 그녀의 기억을 품고 독신으로 살았던 어빙은 고상하고 기품 있는 신사였다고 한다. 파산한 형의 가족을 데려다 같이 살았던 동정심과 인간미는 그가 쓴 『미망인과 아들』, 『실연』에도 잘 나타나 있다.

이층의 구석방에 놓여 있는 의자는 낡고 허름했으나 귀중품처럼 느껴졌다. 1842년 스페인 대사로 파견되었다가 1845년 귀국하여, 1859년 세상을 떠날 때까지 어빙은 그 의지에 앉아『골드스미스』와『조지 워싱턴』전기 5권을 완성했으니 명예로운 유물이다.

유럽문화를 동경했던 어빙이 그곳의 민속이나 민담, 전설들을 신대륙에 연결시켜 자신의 펜 끝으로 새롭게 탄생시켰던 것은 중요한 문학적 공헌이다. 개척지를 돌며 서부를 주제로 한 작품들은 기록보다 더 생생하여 역사적 문헌들로 가치가 있다. 부러운 것은 어빙이 썼던 전기들로서 다음 세대들에게 영웅을 만들어 주었고, 미래 세계를 열어갈 주역들에게 읽게 했으니 위대한 업적을 남긴 것이다.

어빙의 집 근처, 슬리피 할로우에는 그의 무덤이 있는데 가보지 못해 아쉽다. 한 번 더 어빙을 방문할 기회를 가져야겠다.

미국 이주 후, 삼십 년 만에 찾았던 어빙의 집이라 죄송함을 안고 갔다가 부끄러움을 안고 돌아왔다. 무명작가인 나는 목적이 없고, 어빙만큼 위대한 작품을 쓸 자신이 없어서다. 그저 좋은 수필이나 쓸 수 있으면 하는 소망을 갖고 살다가, 평범한 작가로 남게 될 것 같아 돌아오는 길이 자꾸 우울해졌다.

유정

　　사랑은 아름답다. 그 중에서도 이루어질 수 없는 사랑은 아릿하고, 안타깝고, 가슴 저리는 숙명을 느끼게 한다. 사춘기적에 읽었던 춘원 이광수님의 『유정』은 그런 감성을 내게 주었다.

　　최석이라는 중년 남성과 딸 같은 정임의 사랑 이야기는 1933년경의 시대 상황에 비추어 보면 파격적인 줄거리다.

　　'믿는 벗 N형! 나는 바이칼호의 가을 물결을 바라보면서 이 글을 쓰오'로 시작되는 최석의 편지 첫 구절이 내 뇌리에서 사라지지 않는다. "바이칼호가 어디 있지?" 라는 궁금증이었다. 황량한 시베리아 벌판을 지나면서 무의식중에 차에서 뛰어내려 산책하고 싶어졌다는 호수. 그 호반을 거닐며 최석은 현실 윤리를 저버릴 수 없는 사랑의 고뇌에 죽어 갔던 것이다.

　　소설 속 지평의 넓이가 국내를 탈출하고 있어 소녀 시절의 드

넓은 상상력을 키워 주었던 작품이다.

　작가는 1892년 3월 4일 평북 정주에서 태어나서 1950년 10월 25일 자강도 강계에서 세상을 떠났다. 시인, 소설가, 문학 평론가, 사상가, 계몽주의·민족주의 문학가 및 사상가로 한국 근대정신사의 한 획을 긋고, 한국 근대소설의 개척자, 신문학의 선구자로 불리는 춘원 이광수 선생은 『유정』의 서문에서 이렇게 쓰고 있다.

　　나는 인생 생활의 움직이는 힘 중에 가장 힘 있는 것이 인정 인 것을 믿습니다. 그리고 인생을 높게 하고 깨끗하게 하는 것도 인정 인 것을 믿습니다. 돈의 힘으로도, 권력의 힘으로도, 군대의 힘으로도 할 수 없는 힘을 인정의 힘으로 할 수 있을 만큼 인정에 신비한 힘이 있는 것을 믿습니다.
　　최석이라는 지위 있고 명망있고 양심 날카로운 중년남자와 남정임이라는 마음 깨끗하고, 몸이 아름다운 젊은 여자와의 사랑으로부터 생기는 인정의 슬픈 이야기를 써 보자는 것이 이 『유정』이라는 소설입니다.

　불교에서는 감정이 있는 동물, 특히 중생을 이르는 말을 유정이라 하고 정, 사랑, 동정심이 있는 사람을 중생이라 하니 그들의 사랑을 글로 써놓은 『유정』의 가슴 아린 사랑을 그냥 스쳐 지나 갈 수가 없었고, 지금도 아릿하다.

사랑이란 운명의 역임이다. 하나 부적절한 사랑이 예고하는 파국을 소설 『유정』은 여실히 보여주고 있다. 잘못된 사랑은 현실의 삶과 인생을 파괴하는 무서운 힘을 가지고 있다. 그러니 미리 잘 알아서 잘 살라고, 어리석은 중생들을 이끌어 주기 위해 쓰여진 계몽소설 같다.

뿌리, 알렉스 헤일리

알렉스 헤일리가 쓴 소설 『뿌리』를 읽고 나는 많은 감동을 받았다.

작가 알렉스 헤일리는 소년 시절 독서광이었고, 작가가 되고 싶었고, 가정 형편이 어려워 17세 때 대학을 중퇴했다. 곧바로 국가 해안 방위대에 입대하였는데 그는 글을 잘 쓰고 타자를 잘 쳤다. 배를 탈 때 선원들에게 연애편지를 대필해주는 것을 큰 즐거움으로 알았다. 이때부터 알렉스 헤일리는 본격적인 작가의 꿈을 키웠고, 오랜 항해 끝에 배가 항구에 도착하게 되면 그는 항해 기간 동안 쓴 글을 잡지사에 보내곤 했는데 1백통이 넘는 불합격 통지서에도 불구하고 끝내는 『뿌리』 같은 대작을 집필해 낸 그의 끈질김에 감탄을 하게 된다.

20년 동안 군대생활을 하다가 38세가 되던 1959년에 제대를 했는데 이때 그는 전업작가가 되기로 굳게 결심했다고 한다. 제대후 생활고를 해결하기 위해 일자리를 찾았으나, 그의 이력서는 25군데에서 퇴짜 맞았다. 그럼에도 불구하고, 그는 작가가 되는 자신의 꿈을 결코 포기하지 않았고, 실업 상태에서 본격적인 집필활동에 들어갔다.

후에 그는 이렇게 회고했다. "당시 나의 목적은 오직 작가로서 성공하는 것뿐이었습니다. 그래서 스물다섯 번이나 서류 심사에서 퇴짜를 맞았어도 크게 실망하지 않았어요. 오히려 그것이 나의 글쓰기를 더욱 부채질해준 셈이었죠."

알렉스 헤일리는 이때 마음속으로 다음과 같이 외쳤다. '그래, 이제 먹고사는 일에 연연해하지 말자. 나의 모든 것은 글 쓰는 일에 바치는 거야.' 그는 당시 일주일에 단 하루도 쉬지 않고 매일 16~18시간씩 글을 썼다. 참으로 대단한 지구력이고, 열정이다. 자기 자신에 대한 믿음 또한 대단했던 것 같다. 작가가 되려면 그래야 될 것 같은데 나는 그러지 못한 것 같아 지금부터라도 닮아 보고 싶다.

39세가 되던 해인 1960년, 알렉스 헤일리는 흑인 교회 지도자인 말콤 엑스와 인터뷰한 내용을 리더스 다이제스트에 기고하였다. 이 기사가 그가 최초로 대중들로부터 주목받는 글이 되었다. 그로부터 2년 뒤, 그는 플레이보이 지의 요청으로 악명 높은 인사들과의 인터뷰를 시리즈로 연재하는 기회를 얻게 된다.

그리고 42세 때인 1963년, 알렉스 헤일리는 말콤 엑스로부터 자서전을 써달라는 부탁을 받았다. 옛날 인터뷰한 기사가 인연이 된 것이었다. 인터뷰 1년, 집필 1년이 소요되어 자서전이 완성되었다. 그런데 이 자서전 원고가 막 출판업자의 손에 넘어가기 직전, 말콤 엑스가 암살당하는 사건이 발생하였다. 급기야 출판사에서는 서둘러 책을 내놓았고, 이 자서전은 7백만 부 이상이 팔리는 대히트를 쳤다.

말콤 엑스의 자서전 집필로 명성을 얻은 알렉스 헤일리는 잠시 다른 사람의 이야기를 집필하는 전기 작가 생활을 하였다. 그러나 어느 날부터인가 그는 남의 이야기가 아닌 자신의 이야기를 써야겠다고 마음먹는다.

어린 시절 미국 테네시 주에서 살던 알렉스 헤일리는 탁월한 이야기꾼이었던 할머니, 신시아 파머로부터 흥미있게 들었던 가족사에 얽힌 이야기가 그의 머릿속에 고스란히 내장되어 있었다. 그는 아프리카에서 노예로 미국에 끌려 온 흑인 쿤타 킨테가 그의 조상이라는 것을 알게 되었고, 그 외에도 밍고 아저씨, 매서 워커, 미스 키지, 탐, 치킨 조지 등에 대한 이야기였다.

알렉스 헤일리는 『뿌리』를 쓰기 위해 무려 8년 동안이나 자신의 가족사를 추적하며 직접 아프리카로 찾아가 현장 취재를 했다. 가난했던 그가 자료 수집으로 8천 달러를 썼으며, 50만 마일을 여행하였다. 3개 대륙에 걸쳐 50군데가 넘는 도서관과 공문서 보관소를 방문하였다는 데에 대해서는 존경심조차 갖게 한다.

그가 아프리카 감비아 마을에서 이야기꾼 그리오트를 만나 알렉스 헤일리의 7대조 할아버지인 쿤타 킨테의 어린 시절 이야기를 들었고, 그리오트는 수세기에 걸친 그들의 역사를 줄줄이 몇 날 며칠 동안 쉬지 않고 말해 주었다. 그 마을에서 대대로 구전되어 오던 이야기를 아주 정확하게 기억하고 있었던 것이다.

먼 훗날, 한국인들의 이민 역사도 『뿌리』와 같은 작품으로 쓰여지게 될지 궁금해진다. 그렇게 되면 좋겠다.

1750년 이른 봄, 서부 아프리카 감비아의 쥬플레라는 작은 만딩카 족의 부락에 쿤타 킨테라는 사내아이가 출생했다. 거기는 비록 원시적인 생활을 하고는 있었지만 이슬람교의 계율을 지주로 평화롭고 아름다운 문화 속에 살고 있었다. 청년 쿤타킨테가 열일곱 살 되던 어느 날 노예 상인이 들이닥쳐 그는 다른 흑인들과 함께 튜브(백인)들한테 잡혀 미국으로 끌려가게 되는 것이다. 불에 달군 쇠로 쿤타의 등에 LL자를 새기고, 발가벗겨 쇠사슬로 묶은 채 몽둥이로 피가 나게 때리고, 오물과 배설물이 쌓여 구더기가 득실거리는 속에서 공포에 떨며 미국으로 실려 갔다. 긴 노예선의 항해가 끝났을 때 백인들은 쿤타의 주변으로 와서 짧은 막대기와 채찍을 쳐서 그들의 터진 입술을 벌리게 해서 보이게 했고, 그의 몸 전부, 가슴과 성기를 막대기로 찔러 보고는 삼백 오십,

팔백 오십 하고 액수를 부르며 물건처럼 경매를 했다. 1767년 쿤타 킨테는 아나폴리스 메릴랜드의 경매장에서 존 월러라는 사람의 노예로 팔려갔다. 그곳에서 그는 '토비'라고 불렸다.

알렉스 헤일리가 55세 되던 1976년, 드디어 장편소설 『뿌리』를 세상에 내놓았다. 1966년 초 집필을 시작한 뒤 만 10년만의 일이었다. 『뿌리』는 소설도 수필도 아닌 이천만 미국 흑인들의 자유를 찾기 위한 투쟁의 역사로서의 '뿌리'가 됐다. 1550년부터 1850년까지 3세기에 걸쳐 진행된 잔혹한 흑인 노예사냥의 한 단면과 흑인들의 피와 눈물과 고통이 얼룩진 삶의 현장을 생생하게 파헤쳐 보여 주는 것이다.

소설 『뿌리』가 발간되었을 때, 미국의 출판계는 발칵 뒤집혔다. 같은 해에 이 소설은 TV 미니 시리즈로도 제작되어 ABC 방송을 타고 『뿌리』가 방송되자 미국 전체가 『뿌리』에 미쳤다. 콘서트가 취소되고 식당에는 손님이 없었다. 술집은 문을 닫거나 스포츠 대신 『뿌리』를 방송했다. 라스베가스와 극장은 수입이 줄어들었다. TV 드라마 『뿌리』는 9개의 에미상을 받았다. 그리고 TV 비평가협회로부터 '올해 최고의 TV프로'상을 받기도 했다. 이때 미국 인구의 과반수가 이 드라마를 보고 눈물을 흘렸다. 8부작 중 마지막 회는 무려 1백만 명의 시청자가 이 드라마를 보았다. 그러자 이 소설은 더욱 불티나게 팔려나가 전 세계 31개 국어로 번역되었으며, 무려 8백만 부가 넘는 판매기록을 세웠다. 조사에 의하면 『뿌리』의 마지막 회는 역사상 최고의 시청률을 기록했다고 한다.

『뿌리』가 일약 베스트셀러에 오르자 알렉스 헤일리는 단번에 세계적인 작가가 되었으며, TV 드라마로 방영되면서 그의 인기는 하늘 높은 줄 모르고 치솟았다. 당시 실시한 여론조사에 의하면 그는 '미국에서 가장 존경받는 흑인' 중 3위를 차지하여 화제가 되기도 했다니 짐작이 간다. 그가 『뿌리』의 저술로 받은 상과 각종 특별 감사장, 각 대학의 명예학위 수만 해도 총 3백 개나 되었다. 그 중에서도 가장 큰 영예는 1977년에 수상한 퓰리처상이었다. 미국에서 가장 권위 있는 문학상인 퓰리처상 위원회는 알렉스 헤일리의 『뿌리』에 대하여 "노예 제도에 대한 기록에 중요한 기여를 했다."고 평하였다.

그러면 "왜 사람들은 그렇게 『뿌리』에 열광한 것일까?"라는 질문에 사회학박사 메리 래스렛은 "미국 사람들이 『뿌리』를 열광적으로 시청한 건 『뿌리』가 그들 삶의 중심적인 '가족'에 대한 이야기였기 때문이다. 그것은 인종을 초월하는 것으로 '가족'이라는 것이 미국사회에 있어 얼마나 중요한 것인지 단적으로 보여주는 예라고 할 수 있다."라고 했다.

1992년 71세의 나이로 세상을 떠날 때 쿤타 킨테의 7대 손인 알렉스 헤일리는 자신이 쓴 소설『뿌리』를 가리키며 다음과 같이 말하였다.

"나는 이 책을 대할 때마다, 엄마가 첫 걸음마를 하는 아이를 바라볼 때의 감정을 느끼곤 합니다."

알렉스 헤일리의 이 말은『뿌리』야말로 또 하나의 새로운 인생이 시작되는 것임을 일깨워주는 것이다. 이런 의미에서『뿌리』는 이천만 미국 내 흑인의 뿌리에서 그치지 않고, 좌절하지 않는 그의 자유정신은 흑인민권운동 또는 흑인민족주의의 정신적 뿌리가 되었다. 그 뜨거운 인간존재의 주장은 우리 모두의 정신적 뿌리로서 오늘날에도 언제 어디서나 인권이 허물어져 가는 곳에서 문제가 되는 것이다.

자유를 쟁취하기 위한 흑인들의 역사가 오늘 우리 이민자들을 이 땅에서 이 만큼이나마 누리고 살게 해준 것 같아 고맙게 느껴진다.

알렉스 헤일리의 오랜 고투 속에서 쓰여진『뿌리』였기에 그것만큼의 빛을 발하며 '사람은 세상에 태어날 때 동등하다.'는 것을 인간 스스로 증명시키고 있다.

내 조국의 역사 속에도 일제 36년의 기막힌 억압과 양반, 상놈의 피맺힌 역사와 정치가의 독재 속에서 가족 간에도 "말조심해라."라는 주의를 주며 살아본 기억이 있다. 그것만으로도 인간에게 인권과 자유가 얼마나 소중한지 잘 알 것 같다.

사랑하는 조국을 떠나오면서 나는 마치 자유를 갈구하는 망명객 같았기에 『뿌리』라는 작품이 더 절절하게 가슴에 와 닿는 것일 게다.

7

빛과 어둠의 명상

죽음, 끝 / 바람, 5·18 영령들의 혼

큰 나 / 의식과 망상

죽음, 끝

내가 살고 있는 집 주변에는 몇 개인가의 '데드 엔드'라는 길이 있다. 이 길을 만나 되돌아 나올 때면 나는 불현듯 '죽은, 생명이 없는' 형용사적 의미를 떠올리게 되고, '죽음, 끝'이라는 심각한 회색빛 음영에 잠기곤 한다.

십대, 이십대의 가장 민감한 시절에 죽음이라는 명제는 나를 따라 다니며 강렬한 냄새를 풍기곤 했다.

인간은 언제 다가올지도 모를 죽음을 향해 가고 있는 한정된 존재라는 것. 그 의식이 허무가 되어 나를 절망의 밧줄로 묶고는 했다.

먼 길을 떠날 때는 소지품을 정리하고 떠나야 마음이 편했다.

공수래 공수거(空手來 空手去) ―인생은 빈손으로 왔다가 빈손으로 가는 허무와 무상의 동반자라는 것이 싸울 일이 없고, 달려갈

일이 없고, 아등바등할 이유가 없고, 태평해 보이는 고독 무원이었다.

인간의 운명을 쥐고 있는 불가항력적인 죽음의 섭리에서 저항의 탈출구를 갖지 못했고, 죽음을 수용할 긍정적인 통로도 발견하지 못했던 나날이있다. 그렇게 사춘기를 보내며 나와 관계하는 세상일들을 염세적이게 했고, 살아 있음을 무화해 갔다.

일곱 살 소녀의 눈에 비쳤던 죽음의 실체는 하얀 모포에 둘러싸였던 아버지의 육신이었기에 그렇게 될 수밖에 없었는지도 모른다. 아버지가 오랫동안 누워 있었던 곳의 텅 빔. 다시는 볼 수 없고, 만날 수 없다는 허탈이 가슴을 짓누르곤 했다.

그 이후로 한 번도 아버지의 죽음에 대해서 입 밖에 내어 보진 않았지만 아버지가 그리울 때면 늘 푸른 하늘을 바라보았다.

높고 높은 하늘은 속절없이 죽어 간 사람들의 영혼이 모여 사는 마을 같았다. 그런데 그 하늘이 왜 그렇게 청명해 보였던 것일까. 죽음과 대비되는 그 빛깔은 죽음의 끝을 상상할 수 없을 만큼 맑고 고왔다. 두둥실 흰 구름이 떠다니는 한가로운 곳.

지금은 돌아가시고 안 계시는 어머니께서 진즉에 죽음을 꽃으로 바꿔 놓으셨던 날들이 아니었다면 나는 여전히 죽음의 악령에 시달렸을지도 모른다.

몇 해 전 여름, 고국을 방문해서의 일이었다. 광주에 사는 둘째 언니 댁에 가는 도중이었다. "어머나, 어쩜 저렇게 고울까."하는 감탄 섞인 어머니의 목소리에 나는 반사적으로 어머니를 돌아보았다. 어머니께서는 두 손을 가슴에 모은 채 소녀 같은 표정을 하고 계셨다.

고속도로변 양쪽 길가에 빨간 홍초가 늘어서서 열정적인 입술을 벌리고 고혹적인 모습으로 웃고 있었다.

"막내야, 저거 봐라. 얼마나 이쁘냐. 나는 죽으면 꼭 꽃으로 태어나고 싶어야." 다짐까지 하시는 것이었다.

인고의 아픔을 견디며 사셨던 어머니께서 굳이 꽃으로 태어나시겠다니 어쩔 수 없다 싶으면서도 나는 죽음에 대한 두려움이 없으신 어머니, 기쁨에 가득 찬 어머니를 보았다.

내세에 대한 믿음이 얼마나 희망적으로 강렬하게 보였던지 나조차 다음 생에 대한 윤회를 굳게 믿어 버리게 되는 것이었다.

어떤 이들은 죽음의 초월은 '인간의 과분한 허욕'이라 하지만 나는 어머니의 초연한 죽음의 준비를 보았다. 마치 소풍 갈 날을 기다리는 어린아이 같았다. 사후의 일을 누가 알리요마는 이생에서 못다 이룬 꿈, 소망을 다음 생에 이룰 수 있다는 약속을 믿어 본다 한들 해될 것이 무엇이랴.

죽음은 끝이 아니라 새 옷을 갈아입고 다시 오는 거라면 죽음은 두려운 것은 아닐 것이다. 이생에서 좋은 일을 많이 하여 천국에 머물 수 있다면 더욱 좋을 것이고, 아니면 죽음의 그 날까지 주어진 생을 긍정적으로 살 수 있다면 더더욱 좋을 것이다.

우주 만물에 고여 있는 영롱한 신의 얼굴은 죽음을 넘어서는 영원의 노래다.

오늘도 나는 '데드 엔드'라는 길을 되돌아 나오며, 이 길은 끝나는 길이 아니라 새로 시작하는 길임을 되새겨 본다.

바람, 5·18 영령들의 혼

사는 것은 바람이다.

이 세상에 바람처럼 왔다가 바람처럼 간다. 어머니 몸을 빌려 잠시 지상에 왔다가, 누군가와 아옹다옹하다가 눈을 감고 가는 것이 바람이 아니고 무엇이랴.

광주 5·18 국립묘지를 찾아 향을 피우고 잠시 머리를 숙여 참배하면서 내 가슴으로 찬바람이 지나갔다. 바람으로 왔다가 바람으로 갈 사람들이 천년만년 살 것처럼 사람들을 무참히 죽여 저 곳에 묻었던 이유들이 너무 슬펐고, 가슴을 아프게 했다. 미국으로 이민 온 이후 두 번째로 한국을 방문했을 때 둘 째 형부가 금남로를 지나며 "이곳에서 그 일이 시작되었었지." 라고 일러주셨다.

그때는 그 일에 대해서 더 이상 묻지 못했다. 너무나 참혹했던 일이라 묻고 싶지 않았다. 물어서는 무엇 하랴 싶었다. 광주에 살고 있는 둘째 언니와 넷째 언니 가족들이 다 무사한 것이 천만다행이다 싶었다. 그러니 나라는 존재는 얼마나 이기적인가. 그 얘기만 나오면 전쟁 얘기를 듣는 것처럼 무서워서 속으로는 떨렸다. 그 이후로 미국에 돌아와 5·18만 되면 입 다물고 있는 내가 죄인처럼 느껴졌다.

일 년에 몇 번 정도는 남편을 상대로 "미친놈들! 어떻게 자기 나라 백성들을 그리도 무참히 죽였을꼬" 하며 마구 폭언을 쏟아내기도 했고, 그 주모자를 색출하여 그 만큼의 대가를 꼭 치르게 해야 한다고 열변을 토하곤 했으나 누군가를 향한 죄스러움은 사라지지 않았다.

그동안 인내심을 가지고 같이 동조해주던 남편도 지쳤는지 "그럼 직접 나가서 그 사람들을 색출해 보자"라며 내 분노에 찬물을 끼얹곤 했다. 그래서 나는 내가 앉은뱅이 겁쟁이로 살고 있는 비겁한 인간이 되었음을 자각하였다.

의미 없이 사라져간 아까운 생명들은 차라리 민주화 대열에 앞장서서 희생했다는 명분이 뚜렷해졌으니 조금이나마 다행이다. 30년의 세월을 바람처럼 살고 있는 현존한 사람들은 죽어간 사람들의 영령 앞에서 침묵하는 것조차 죄스러워 하는 것이다. 지나가는 바람이라고만 하기엔 너무 참혹했던 5·18항쟁은 그 위로 덮쳤던 미친바람으로 하여 피울음이 될 수밖에 없었던 악몽이었다.

언젠가 S일보를 보니 '권력자들 광기가 역사를 흐려 놨다'는 기사가 있었다. 네로·히틀러 등 많은 권력자들이 뇌기능 장애를 앓고 있었던 정신병 환자들이었다는 것이 놀랍기만 했다. 그들이 일으켰던 광기는 얼마나 무서운 바람이었던가. 국가를 멸망시켰고, 무수한 인명들을 살상한 기록들을 남겼다. 단지 정신병자였다는 이유만으로 그들의 죄악이 가벼워진다면 그것도 얼마나 무서운 일인가. 권력의 광신자들 곁에 있었던 모든 신하들이 다 정신병자들이었다는 말인가.

5·18이 단지 지나가는 바람처럼 가벼운 것이었다면 얼마나 좋았을까. 피 비린내를 몰고 온 그 바람이 사람들 가슴속에 심어 놓은 피멍울이 너무 큰 것 같다.

그런 내 가슴으로 또 찬바람이 지나간다. 을씨년스런 빗방울이 내 머리와 얼굴로 조금씩 뿌리고, 차가운 바람은 참담한 내 영혼을 싣고 먼 곳으로 떠나려 한다. 나는 그 현장에 없었고, 지금도 없는 것이라고 변명이나 하듯이……. 그러나 나는 안다. 그 바람이 나를 안고 떠날 수 없으리라는 것을…….

나는 조카 은영이가 안내해 준대로 5·18기념관 지하로 내려가며 "누가 이들에게 총부리를 겨누었단 말인가." 라는 물음을 계속하였다. 커다란 석관이라도 안치해 놓은 듯한 분위기와 그때 찍었을 비디오의 커다란 화면에서는 쫓기고 죽이는 장면들이 전쟁을 방불케 하고 있었다. 사자(死者)들은 말이 없다고 한다. 하지만 산 자들 그들이 말을 하게 하였다.

차 속에서 우리를 기다리던 형부는 "우리 대학생들이 거리로 몰려 나가 총을 맞고 싸우고 참상을 당하는 걸 보며 어찌나 애를 태웠던지 그 때 온통 이가 흔들려 버려 틀니를 하지 않았당가."라며 한숨 섞인 한탄을 했다. 그 말 한마디가 내게 얼마나 위안이 되었는지 형부님은 모르셨을 것이다.

나는 바람으로 날아 금남로 어디쯤인가 무수히 살아 있을 혼백들을 찾아 갔다. 그리고 묵념을 했다.

바람아, 바람아, 죽어간 영혼들을 부디 위로해 다오

생사(生死)는 하나

나는 비행기 안에 앉아서 창백하게 흰, 육중하고, 고집스럽고, 무겁게 닫힌 창문, 밖으로 하늘을 본 적이 있다. 비행기는 구름위에 떠가고, 그 창문을 열고 허공으로 뛰어 내려도 구름이 나를 포근히 받아 줄 것 같았다. 천사의 날개 같은 옷자락을 훨훨 휘날리며 바람을 따라 날아가다 아무도 모르는 곳에 정착하여 조용히 숨을 거두는 로맨틱한 죽음을 떠올려 봤다. 그곳은 바다가 보이고, 꽃이 가득 핀 곳이며, 유리관이 있으면 더 좋을 것 같았다. 그 속에 들어가 누워 있으면 밤하늘의 별과 달이 생사(生死)는 하나라고 속삭여 줄 것 같았다.

007 영화를 보면 비행기 날개 위에서도 곧잘 싸우는 장면이 나온다. 그들은 밑으로 떨어져도 하늘을 날아 갈 자신이 있거나 죽음이 두렵지 않거나 둘 중에 하나일 것이다.

그런데 실제로 죽을병에 들었다면 나는 정말 살고 싶어질 것 같다. 보고 싶은 사람들이 많고, 가보고 싶은 곳도 아직 다 가 보지 못했다. 하고 싶은 일도 많이 있다.

집안은 온통 책이며, 써놓은 글들로 어수선하다. 내가 죽으면 그것들은 다 의미 없는 것들이 될 것이다. 그 많은 시간을 공들여서 써놓은 글들이 그렇게 된다면 정말 슬플 것이다. 그러니 그것들을 정리해서 책으로 출간하기 전에 나는 죽어서는 안 되는 것이다. 그런 내 생사관으로 죽음에 관해 생각해 보면 나는 죽을 때까지 글을 쓸 것이고, 그것들을 정리해야 하니 죽을 수 없다는 것이 성립이 되니, 나는 죽음 자체에 떼를 쓰며 오래 살려고 할 것 같다.

주변에 자살하는 사람들이 많아졌다. 절망이 그들을 하늘나라로 데려 가는 것 같다.

나처럼 살아야 할 이유가 단 한 가지도 없었던 걸까.

종이와 펜만 있으면 그들은 그 위에 무슨 말이라도 할 수 있었을 텐데…….

죽는 것도 사는 것만큼이나 어려울 것 같은데 동포 사회에 자살이 많아지니 안타깝다. 생과 사가 하나라지만 지난 주에 세 명의 아까운 죽음이 신문에 보도되니 죽지 말고, 살아 보자고 소리치기에도 늦은 것 같다.

큰 나 있으매

어느 집에서 싸우는 소리가 났다. 한 사람이 아니라 몇 사람이 패를 지어 서로의 주장을 펴고 있었다. 가만히 들어본즉 그 집이 서로 자기의 집이라고 다툼을 하고 있었다.

밖에서는 그 두 가족과 가까이 지냈던 사람들이 누군가의 편을 들면서 수군거리고들 있었다.

그 싸움은 이제 동네 싸움으로 번져서 사람들은 생업에 전념하지 못하고, 여름철 장마처럼 지겹게 말싸움만 하고 있었다.

한편에서는 그 집에 십여 년을 넘게 살면서 그 집을 관리해온 김씨네가 그 집 주인이 아니겠느냐 했고, 한편에서는 일 년 전에 그 집을 증축하면서 기부를 많이 한 이씨네가 새 주인이 되어 그 집에 살게 되어야 한다고 크게 말했다.

그렇게 한 달 두 달이 지나가자 그들 중 누군가가 말하기를 "두

집 다 소유권이 없기는 마찬가지니 그 집에 확! 불을 질러 모조리 태워 버립시다."라고 외쳤다.

그 집이 마을에서 제일 크고, 좋았으나 한 번도 그 집에 가서 잠을 자 볼 영광을 얻지 못했던 사람들은 그게 좋겠다고 함성을 질렀다.

의식과 망상

웅크린다. 소파의 차가운 감촉이 허벅지에 와 닿는다. 이불을 뒤집어쓴다.

모임에서 너무 말을 많이 했어. 속이 텅 빈 것 같아. 허전함은 그 때문이지. 언어들은 그 장소에 있어야 했고, 필요한 말들이었지. 헌데 속이 왜 뻥 뚫린 것 같지? 언어들이 내 간을 다 빼 먹어 버렸나. 속내를 드러낸 말들이 혀를 날름거리며 속이 시원하냐고 물었지. 아니, 말은 소통의 통로가 아니었어. 컴컴한 동굴로 들어가는 아가리였을 뿐이야. 이빨이 날카롭게 박혀있는 그 주둥이 속으로 손을 쑤욱 집어넣는 일 같은 건 하지 않는 게 좋았을지도 모르지. 후회하냐고? 글쎄…….

의식은 잠들지 못하고 뒤챈다. 마녀의 긴 손톱이 그 사이로 쑤시고 들어와 가슴 한 쪽을 쥐어뜯는다. 예리하게 한 쪽을 베어

씹으며 철철 흘리는 피. 쓰리고 아프다. 쑤신다. 다음번엔 침묵해. 네 속을 더 이상 후벼 파지 않도록……. 입을 봉해 버려. 덕 테이프를 준비해 둬.

　결론이 사막을 지나 계단을 오르고 무대 위로 장면들이 펼쳐진다.

　2009년 3월 9일, 금강산 식당 5호 지하방의 둥근 테이블, J시인, K수필가, S시인, P수필가, Y소설가, L수필가 들이 20년 모임역사를 자랑하며 앉아 있다. 한국의 K잡지가 우리글을 실어 주니 돈을 얼마 보내주자는 것에 동의한다. 내 귀를 의심한다. 내가 잘못 들었겠지. 아니면 말을 잘못한 것이거나. 원고료를 받아야 할 등단 이십 년에 가까운 문인들이 이의조차 제기하지 않는다.

　놀랍다. "차라리 구독료로 보내세요." 문인으로서의 알량한 자존심조차 챙겨보지 않는 그들은 아마추어 작가들로 만족하며 언제까지 머물 것인가. 예술가로서의 자부심조차 보이지 않는 문인들의 대열에 성큼 들어서 버리고 만 느낌이다. 인생 육십을 넘기고, 그 나이에 가까운 사람들에게 생존의 품위란 별 의미가 없는 것일까. 같이 그렇게 흘러가며 덤핑 세일 당하기에는 내 정신과 육신은 파랗다. 아직 싱싱하다는 망상을 한다. 썩은 생선 비늘처럼 빛을 잃어 버리는 일은 없어야지. 동인이란 묶음이 갑자기 거추장스럽다. 절필을 해? 그 동굴은 더 깊고, 더 어둡고 더 춥겠지.

문인이 글을 쓸 수 없다면 더 답답하겠지.

누웠던 몸을 일으켜 창문을 연다. 삼월의 찬 기운이 뱀처럼 창틀을 넘어 들어온다. 오싹하다. 길 건너 잠들지 못한 가로등 불빛은 허전함으로 깊게 패인 내 구릉을 비춘다.

앞뜰에 서있는 목련이 달빛아래 자신의 정체를 드러내고 있다. 가지 끝마다 열매가 맺혀있는 것을 잘 짐작할 수가 있다. 목련은 이 집에 와서부터 내가 사랑하게 된 꽃이다. 동인들의 모임에서 「목련의 봄」을 낭독할 수 없었다면 나의 슬픔은 허전함과 같이 했을 것이다.

추운 겨울을 견디고, 봄을 기다리는 그리움이 목련 꽃봉오리가 되었습니다. / 하얀 눈이 사뿐히 내려와 뾰족이 내민 목련 꽃망울에 입을 맞추고 좋아라 춤을 춥니다./ 여섯 장의 꽃잎에 사랑과 생명을 간직하고 피어나는 목련은 시리도록 하얗고, 자주 빛 사랑에 애달픈 꽃입니다.

아직 꽃이 피어나지 않는 목련을 그리며 겨우 잠에 빠진다. 꿈 속을 간다. 옷자락 끌리는 소리. 공주는 선녀가 되어 바람을 타고, 달빛을 받으며 사모하는 님이 있는 북쪽을 향해 간다. 옷자락이 바람에 하얀 목련꽃처럼 흩날린다. 낮에는 구름 속에 숨어 두 손으로 얼굴을 가리고 낮잠을 잔다. 해님은 그런 공주를 가끔 놀래 준다.

꼬끼오, 새벽에는 언제나 내 의식 속에서 새벽닭이 운다. 그 소리를 들으며 자란 나는 그 소리의 애달픈 사연을 안다.

아주 오랜 옛날 옛적 어느 마을에 새벽이면 꼬끼오, 우는 닭이 있었다. 엄마 닭, 아빠 닭, 아기 닭, 셋은 정답게 살고 있었다. 어느 날 밤, 숲에서 늑대가 내려와 엄마 닭을 잡아먹었다. 그 뒤부터 아빠 닭은 새벽이면 엄마 닭을 부르며 구슬피 우는 것이다.

사람도 가끔 잃어버린 그 어떤 것을 위해서 목소리를 높여 크게 울부짖어야 한다는 게 슬프다.

8

삶의 지혜.
마음공부

어려운 깨우침의 경지

타일랜드에는 아주 고색창연한 절이 하나 있었는데 전설에 의하면 천지창조 초기에 하늘님이 어떤 천사 때문에 대단히 진노했다고 한다. 천사가 무슨 명령을 어겼는데, 그 죄가 어찌나 컸던지 하늘 님은 그를 세상 밖으로 던져 이 낡은 절에서 눈에 보이지 않는 뱀으로 살아가야 한다고 명령했다.

절에는 층계가 백 계단인 탑이 하나 있었고, 절을 찾아오는 모든 순례자는 그 탑을 찾아보는 것이 순례의 한 부분이었다. 하늘 님은 천사에게 말하기를 "너는 탑의 첫 번째 계단 위에서 살며 찾아오는 모든 순례자와 함께 돌아 다녀야만 하느니라."

타일랜드에서는 인간의 의식을 1백 계단으로 나누는데, 뱀은 순례자의 의식이 다다르는 수준까지만 함께 따라 갈 수가 있었다. 만일 순례자가 의식의 스무 번째 계단에 이르면 그 때는 스무 번째 계단까지 따라 올라 갈 수가 있었고, 쉰 번째 계단에 이르면 쉰 계단을 올라 갈 수 있었다. 그리고 하늘님이 말했다. "만일 네가 마지막 계단까지 세 차례 다다를 수만 있다면 그때는 네 죄로부터 해방이 되리라."

그런데 뱀은 지금까지 겨우 한 번만 백 번째 계단에 이를 수가 있었다.

낡은 절에는 적어도 일 만 명의 순례자들이 찾아왔다. 일천 년이 흘러갔고, 순례자들과 순례자들, 그리고 뱀은 모든 순례자를 따라 가야 한다. 드문 일이지만 때때로 뱀은 스물다섯 번 째 계단까지 다다르고, 아주 아주 드물게 쉰 번째 계단까지 올라갔으며, 꼭 한 번만 백 번째 계단에 이르렀다. 뱀은 다시 첫 번째 계단으로 돌아간다. 그리고 이제는 아무 희망이 없는 듯싶어서 아무리 뱀이라고 해도 아주 심하고도 심한 좌절감을 느꼈다. 지금까지 겨우 한 번……. 그런데 세 번을 백 번째 계단에 올라간 다음이라야 뱀은 죄로부터 해방이 될 터였다.

얼마나 아름다운 전설인가.

인간이 진정한 깨우침의 경지에 이른다는 게 얼마나 어려운 것인가를 말해 주고 있는 것이리라. 그러나 그 모든 죄과를 벗어 버리고 백 번째 계단에 오를 수 있는 희망 또한 버려서는 안 되리라.

살아 있음에

오래 전에 써놓았던 글들을 모아 『뉴욕, 삶과 사랑의 풍경』 수필집을 상재하고 출판기념회를 할까 말까 망설이다가 '살아 있음에'라는 멋진 명제를 찾아내었다.

죽는다는 것은 이생에서 가장 두려운 것이다. 아파서 죽든, 사고로 죽든 이 육신과 영혼으로는 마지막이니 살아있다는 것은 축복이다. 그 환희를 맛보고 싶었다고나 할까. 죽음을 앞둔 사람처럼 계획하고, 진행하였다.

아프리카에서, 이북에서, 전쟁터에서, 기아로 허덕이며 죽어가는 사람들을 생각하면 절대로 그럴 용기가 날 것 같지 않은 일이었으나 감행하는 치기를 부렸다.

결혼식도 모범적(?)으로 일체 패물을 간소화했고, 지나온 삶도 무리하지 않는 담백한 삶을 추구해 왔으나 한 번쯤 어긋나 보고 싶었던 걸까. 그 신념을 위배했던 결과는 언어로 해명할 길이 없는 문제들로 나타나기도 했다.

호사다마(好事多魔)라 했던가. 삼재가 끼었다더니 그 대가를 치르는 것인가 싶은 엉뚱한 생각까지 들었다. 한동안 의미도, 가치도 없는 오해로 빚어진 일에 얽혀 든 것이 억울했으나 어찌해볼 방법이 없었다. 그런 상황을 비껴가지 못한 자신이 바보스러워 비애를 느낄 뿐이었다.

결국엔 이 모든 것이 살아 있음에 당하는 고통이라는 결론을 내리고, 내가 이 세상에 없다면 인생의 떫은 맛, 쓴맛, 매운맛 등의 오묘한 감정들을 어찌 느낄 수 있을 것인가 싶은 마음으로 자신을 위로할 수밖에 없었다.

돌리고, 돌리고, 비우고, 비우고, 마음 운동을 둥글게, 둥글게 하는 것으로 살아 있음을 축원할 수 있는 것도 살아 있으니 가능한 것이리라.

멈추어 버린 시계

시계가 멈추어 있으면 나이도 먹지 않는 것일까. 시계 배터리가 다한 탓으로 부엌에 있는 시계는 돌지 않고 있다.

재깍 재깍, 시계가 돌아 갈 때면 내 나이테도 둥글둥글 자꾸 늘어나고 있구나 싶다. 그런데 어느 날 돌지 않는 시계를 보고 있자니 내 나이도 멈추어 버린 듯 했다.

"그래, 바로 저거다. 시계가 돌지 않으면 나이를 먹지 않는 거지."

아주 위대한 발견이라도 한 듯 했다. 그리고 그렇다고 믿게 되었다.

어렸을 때는 왜 나이를 빨리 먹지 않는 걸까 조바심이 났었다. 그런데 지금은 나이를 먹는 게 불안해진다. 왜일까? 그 이유를 생각해 보았다.

대종사께서는 천도품 1장에 "나이가 사십이 넘으면 죽어 가는 보따리를 챙기기 시작하여야 죽어갈 때에 바쁜 걸음을 치지 아니하리라." 하셨다.

요사이는 평균 수명이 86세이니 60세쯤 해도 될 거라고 한 법동지가 웃지도 않고 농을 했다. 같이 웃기는 했으나 내일 이 세상을 떠난다 해도 미련 없이 훌훌 떠날 수 있도록 주변 정리를 해두는 게 좋을 듯 했다.

우선 수필집을 상재할 수 있도록 글 정리를 해야 될 것 같다. 컴퓨터에 가득 들어있는 글들을 생각하면 커다란 짐을 짊어지고 사는 것 같다.

어떤 문우가 충고하기를 한국에 글을 보내면 출판사에서 문장 교정까지 다해주니 그냥 보내라 한다. 문인으로서의 자존심이 허락하지를 않는다. 자기의 정신이나 신념, 실력이 들어가 있지 않은 글이 어찌 내 글이라 할 수 있겠는가.

다음은 모든 문서들을 일목요연하게 정리해야 되겠다. 유언장도 다시 작성해야 되겠고, 불필요한 것들을 버리는 작업도 필요할 듯하다.

그동안 맺어온 인연들에게도 따뜻한 말 한마디라도 남겨 두고 싶다. 꼭 만나야 될 몇 사람이 있는데 소식을 모르니 안타깝기도 하다.

부엌의 시계는 여전히 제 자리에 멈추어 서 있다. 시계가 돌지 않으므로 내 나이도 역시 멈추어 버렸다.

내 나이를 물으면 "서른아홉인데요."라고 대답한다.

시공을 초월하여 마음이 젊으면 육신도 젊어질 것이다.

법 바다에 피어난 꽃

"연말에 카드를 보내고 카드를 받는 걸로 지난 일 년을 마무리
하는 것이 제게는 어느덧 즐거운 취미가 되어 버린 듯해요."라고
했더니 "아직도 젊네요." 하시던 최 시인님께서 지난 해, 제일 마
지막 받게 되는 연하장을 보내 주셨다.

　열심히 생활하시는 김명순 선생을 보면, 선생의 뒤에 서 계시는 잘
　생긴 남편과 어여쁜 두 자녀분들이 보입니다. 더욱 행복한 새해를 맞
　으셔요

이 세 줄에 그 분은 하실 말씀을 다 하신 듯 했고, 문학의 진수
를 느끼게 했다. 몇 년 전『몬탁의 등대불』이라는 시집을 내면서
'꿈꾸는 백마강'이라는 이름을 나에게 붙여주었으므로 카드를 받

고 많은 상상을 했다. '남편과 두 자녀와 함께 행복하게 살려고 열심히 생활하는 나'라는 의미를 만들어 보기도 했다.

백제의 마지막 의자왕의 꽃 같은 삼천 궁녀가 나당연합군이 쳐들어오자 빠져 죽었다는 백마강. "백마강 달밤은 물새가 운다는데/ 그의 달밤은 꿈으로 샌다./ 편리한 대로 사는 게 꿈인데 쉽지 않아 일요일마다 원불교 교당에서 합장으로 닦아내고/ 닦아 내고"라는 그분이 썼던 내용이 새삼 떠올랐다.

몇 주 전 그분은 대화중에 그 시에 대해서 '미안해요'라는 표현을 쓰시는 것이었다. 무엇이 미안하다는 것인지 쉽게 이해가 되지 않았다. 나에 대해서 잘못 알고 썼다는 뜻으로 받아들여 나는 진심으로 "아닙니다."라고 말씀드렸다.

생각해보니 "눈물어린 빵을 먹어보지 않은 자는 인생을 논할 가치가 없다."고 했는데 나는 스스로 인내하고, 참으며 그 때까지 빵을 구해 본 적이 없었다. 산전수전 다 겪어 오신 그 분은 그런 내가 현실은 모르고 꿈만 꾸는 '꿈꾸는 백마강'쯤으로 보였을 것이 당연하다.

다행히 그 후로, 나는 남편 사업 관계로 여러 가지 어려운 일에 봉착해 보았고, 세상 물정 모르고 꿈에 젖어 산 것에 대한 인과응보를 경험할 수 있는 기회를 가지게 됐다.

그 산 공부를 통해 하루 세 끼 밥 먹고 사는 게 쉽지 않다는 것을 깨달았다. 사업체든 집이든 그것들을 유지하지 못하는 한

세 끼 밥은 어렵다는 것, 한 끼 밥을 걱정 없이 먹기 위해서는 그 많은 의무와 책임을 차질 없이 완수해야 한다는 것, 모기지, 렌트비, 차량유지비, 보험, 옷, 인건비, 교제비 등등 참으로 복잡하고 얽힌 게 많다는 것을 몸소 체험해 보고, 견디어 냈다.

인생의 현장을 통해 "밥 잘 먹고 똥 잘 싸면 그게 도다." 하시던 선사님들의 말씀이 진실로 무엇인가를 조금이나마 깨닫게 되었다면 그것도 큰 경계일까. 마음이 편해야 밥이 제대로 넘어 가고, 변을 제대로 볼 수 있고, 몸이 편해지니 '평상심이도다.' 하신 말씀이 무엇인지 알게 됐다 하면 모르는 이가 될까.

마음 한 번 돌리니

한 해가 가는 마지막 날인 31일, 한국에서 세 명의 대학생 손님을 맞이하게 되었다. 미 동부 아이비리그 대학들과 연계되어 다녀가게 되었다는 한국과학기술원 학생들이었다. 그런데 29일 날 아침, 막내시누이한테서 급하게 전화가 왔다. 각 대학들과의 약속이 앞당겨져서 학생들이 비행기를 타고 갑자기 출발했으니, 오후 4시쯤 존 에프 케네디 공항에서 마중해 주면 고맙겠다는 것이었다.

"이게 무슨 날벼락이람."

학생 손님들이 오려면 이삼일이 남았으니까 하던 마음에 불똥이 떨어져 급해졌다. 연말에 시누이 딸, 딸의 남자 친구, 그의 친구까지 묶어서 당장 들이닥치겠다니 어처구니가 없을 뿐이었다. 이 쪽 사정은 아랑곳없다는 듯 밀어붙이니 일 년에 두세 번 있는 가족과의 오붓한 시간은 아예 기대할 수가 없게 되어 버렸다.

"일 년의 끝과 시작부터 이게 무슨 난리람." 나로서는 예기치 못했던 초비상이 걸려 허둥거렸다.

우선 집안에 넘쳐나는 책들을 가장 빠른 시간에 치워야 했고, 장을 봐와야 했으며, 1시에는 일주일 전에 문인협회 최 고문님과 해놓은 약속을 취소할 수 없었으니 나가야 했다. 세 학생이 깔고 덮을 새 침구도 마련해야 되었다. 그렇게 분주하게 움직이면서도 내 의지가 개입되지 않은 일이라선지 기쁘지가 않았다.

연말이라 각종 행사며 모임 등 여러 가지로 두서없이 바빴으므로 모든 것이 제대로 정리되어있지 못했고 삐걱거렸다. "하필이면 연말, 연초에 손님들을 맞이해야 되다니."라는 생각으로 심란하고 짜증이 났다.

시누이 딸만 온다면 쉽겠으나 딸의 애인과 그의 친구가 온다니 부담스러웠다. 한국에서 오신 손님들은 대접을 한다고 해도 섭섭해 하는 일이 생기게 되어 신경이 쓰인다. 아마 미국과 한국의 문화 차이 때문인가 싶기도 하다.

"아무 걱정하지 말고 보내요."라며 큰소리를 쳤으나 '막내시누이는 여전히 얌체야.'라는 생각이 나를 떠나지 않았다.

이미 받아놓은 밥상, 타박해봐야 무엇하겠나. 이것도 법신불님께서 마음공부를 하라고 한 경계를 주시나 보다. 일단 심호흡을 하고, 무엇부터 할 것인가 순서를 정해 보고자 했다.

우선 마음을 기쁘게 갖기로 한다. 다가올 시간에 대한 즐거움을 만끽하려면 내마음을 비우고 스스로 즐거워져야 할 것 같았다. 그 다음엔 내 마음을 그들의 마음과 하나가 되도록 합쳐본다.

'나는 비행기 안에 앉아 있다. 가슴이 두근거린다. 말로만 듣던 하버드, 프린스턴, 컬럼비아, 뉴욕 대학 등을 눈앞에 그려 본다. 그곳들을 방문한다. 일류 대학 교수들을 만나 여러 가지 프로그램에 대한 설명을 듣고, 질문을 하고……. 생각만 해도 기대가 출렁인다. 저절로 웃음이 입가에 번져 나온다. 한 가지 걱정되는 것은 거주할 집에서 만나게 될 새로운 인연들에 대한 불안이다. 그들이 친절하게 대해줄까?'

여기까지 상상하고 나니 마음이 훨씬 밝아지고 저절로 신바람이 났다. 미래의 한국을 짊어지고 나갈 유망한 일꾼들을 맞이하게 된 신년 새해가 조금은 유쾌해질 것 같기도 했다.

마음 한 번 돌리면 지옥도 극락이 된다는 이치가 있다 하지 않았던가.

9

··· 이민 수기

인생 여행기

뉴욕으로

1980년 4월 20일 밤, 우리 부부는 세계의 무역 도시 뉴욕에 도착했다. 비행기에서 내려다 본 휘황찬란했던 도시의 불야성이 우리를 환영해 주는 듯 반짝이고 있었다. 그 불빛이 부모 형제가 살고 있는 한국 땅을 떠나온 설움을 잠시나마 잊게 해주었다. 하나 고릴라처럼 거대한 미국 땅에 내 운명을 내려주고 비행기는 떠났고, 나는 세상에 홀로 남겨진 것 같은 두려움에 휩싸였다. 남편도 미국이 생소하기는 마찬가지였으니 그런 남편에게 무조건 기댄다는 건 짐이 되는 거나 마찬가지였다.

그렇게 시작했던 미국 이주로의 생활이 30여 년이 되어 간다. 세월이 유수 같다더니 정말 그런 것 같다. 아니 그보다 훨씬 빠른 것 같다.

이민 첫해, 뉴욕 한국일보에서 주최했던 제 3회 이민생활 체험

수기에서 최고상을 받게 된 것이 엊그제 같은데 많은 연륜이 흘렀다.

그 때나 지금이나 내 글쓰기는 내 순수를 지켜주는 소중한 영역이고, 나를 구해주는 생의 도구로서 훌륭한 방편이 되었다.

미국에 와서 늘 바빴던 남편과 두 아이를 키우면서 나 자신을 존립시킬 수 있었던 글쓰기가 나를 덜 외롭고, 덜 답답하게 했으니 은혜로운 것이다. 종이와 펜만 있으면 언제나 나를 이해해 주고, 내 말을 들어 주었던 좋은 친구. 내 안에서 뿜어 나오는 희로애락(喜怒哀樂)을 잠재워 승화시켜 주고, 생의 아름다운 그림을 그리게 해주었던 은인 같은 존재.

논픽션 당선작 「내가 선택한 나라, 미국」은 첫 번째 에세이집 『뉴욕, 삶과 사랑의 풍경』에 싣지 못했다. 벌써 30년 전 일이라 시대적 상황이 생경스러울 것 같았고, 지면이 허락지 않아서 그랬다. 하나 그 글은 순수한 내 삶의 체험으로 살아 있는 글이고, 이민역사와 인생사의 기록이라 싶어 버리고 싶지 않은 글이다. 더불어 타인의 생에 공유할 부분이 있으면 좋겠고, 도움이 된다면 내 속을 다 들여다보인 부끄러움이 보람으로 변할 수 있으리라 싶어 지면에 싣고자 한다.

내가 선택한 나라, 미국

타국을 향하여

　나는 지금 몹시 망설이고 있다. 타국을 향하여 왔던 반년 정도의 삶이 과연 내가 글로 표현할 만큼 값진 것이었나 하는 의문에서다. 하나 이러한 건 굳이 따지지 말자. 지금 내가 쓰고자 하는 것은 나에 대한 커다란 자랑거리도 아니며 더욱이 미국에서 지독스런 고생 끝에 낙이 왔다는 그런 류의 글은 될 수 없을 것이 분명하기 때문이다. 왜냐하면 남편과 나 —우리는 우리가 설정한 목표를 향해 결실보다는 돌진하고 있는 과정일 뿐이니까. 그러나 단 한 가지 분명한 것은 동포가 밟은 그곳을 내가 밟았으며 또 내 뒤에 오는 누군가가 거의 비슷하게 거치지 않으면 이 거대한 미국 땅에 정착할 수 없다는 현실의 중요성이다. 그만큼 대부분의 이민자들이 거쳐야 될 직업이라는 발판이 좁기 때문일 것이다. 그렇더라도 각자 다른 것은 분명히 있다. 똑같은 식사와 똑같은 직업을 가졌다 해도 각자의 경험 속에서 파생되는 개개인의 감정은 다를 것이고, 어느 쪽으로 승화되느냐에 따라서 인간의 행복은 그 만큼의 차이가 나기 마련일 테니까.

내게 주어졌던 그동안의 미국생활은 내가 살아야 할 전체 인생을 통해 본다면 지극히 적은 일부분의 경험에 불과할 것이다. 하나 내 국가, 내 언어가 아닌 그 속에서의 나는 지금까지 살아온 내 인생을 다 합쳐도 그 정도의 인내를 필요로 한 적이 없다고 말한다면 그것이 꼭 나에게만 국한된 것일까.

사실 일 년여 전, 한국에서 해외동포들의 수기를 읽었을 때는 그 비참성에 놀랐고, 미국에의 꿈으로 부풀어 있던 나를 처참한 심정이 되게 했었다. 자기가 직접 부딪쳐 보지 않은 세계에 대한 두려움이 나를 덮쳐오는 것이었다. 그러나 더욱 난감했던 것은 미국에 다녀온 작가들의 과장된 표현들이 유명인들의 작품으로 많은 이들에게 읽히우고, 이민을 꿈꾸는 사람들의 용기를 감소시키게 했다는 것이었다. 그러니 나는 몇 개월의 미국생활동안 실제로 내가 체험했고, 느꼈던 것들을 솔직하고, 담백하게 써보려 하는 것이다. 그 때는 왜 그렇게 하지 못했을까 하는 이민생활의 단면들을 차근차근 정리해 보는 기분으로 써내려가 누군가에게 도움이 되어 보고자 한다.

우리 부부가 미국에 오기 전, 우리는 많은 고민을 했다. 과연 모든 것을 훌훌 털어 버리고 이민이라는 것을 가는 것이 과연 가치 있는 일일까 싶은 의문으로 확고한 결론에 도달하지 못해서였다.

1980년, 그때의 남편과 나는 결혼 초년생이었으며 남편은 1년 정도 자기 사업을 추진한 것 외에는 사실 사회의 때가 묻기는커녕 직장 생활이란 것을 할 생각도 하지 않았고, 한 번의 경험도 없었다. 그도 그럴 것이 공부하고, 군대에 갔다 오고, 결혼을 해서 미국에로의 꿈에 부풀어 있었으니 그럴 수밖에 없었다. 그리고 그의 꿈은 사업가가 되는 것뿐이었다.

그것은 결혼이란 목표를 놓고 햇수로는 7년여의 시소게임을 한 뒤였다. 결혼할 때까지 피차 서로에게 책임질 만한 일을 가지고 있지는 않으나 약삭빠른 계산은 결코 하지 못했다. 큰 사업가 집안이라고 소문났던 시댁의 형편은 기울어져 있었고, 나는 그것을 알고 있었다. 그렇다고 학벌 좋고, 직장 좋고, 형편 좋은 신랑감이 남편의 진실보다 값져 보이지 않았으니 내 운명은 거기에 있었던 것이다.

"사람이 중요하지 돈이 먼저가 아니다. 젊은 놈 괄시는 하지 않는 법이다. 돈은 벌면 되는 것이다." 어머니의 교육은 그랬다. 물질이나 현시욕을 따라 살면 언젠가는 후회하리라는 것이 나를 갈등시켰고, 방황하게 했으며, 결국 조건을 따진 영리한 결혼은 되지 못했다. 그래도 남편에게는 성실과 젊음, 건강이 있었으며, 긴 세월 동안 나와의 사랑을 성공시킨 집념과 굳센 의지가 있었다. 그것들은 돈 주고는 살 수 없는 아주 보배로운 것이 아닌가. 한 인간의 진실한 사랑을 어찌 돈으로 환산할 수 있으랴 하는 낭만이 내게 있었다. 그것들은 우리가 소유한 가장 큰 재산으로서 권력과 부의 뒷받침 없이도 우리는 그것으로 우리의 생애를 가름하지 않으면 안 되는 것이었다. 그리고 성공만 하면 그것은 아주 멋진 일이 될 것이라는 기대를 하게 했다. 나는 그런 꿈을 꿀 수 있다는 게 정말 행복했다.

남편과 나는 '자수성가'란 깃발을 들고 미국이란 나라를 기꺼이 선택했으며, 선택한 이상은 후회란 불필요한 것이었다. 다만 그만큼의 보상을 받아낼 노력만이 우리에게 필요한 전부라는 것으로 타국을 향하고자 결심했다.

첫아이를 출산하고

수속이 거의 끝나 비자를 받을 무렵의 나는 출산일이 가까워오고 있었고, 남편과 나는 적이 고민하며 많은 가슴을 앓기 시작했다. 우리를 초청한 큰시누이는 남편이 미국에 와서 공부를 계속하기를 바랐는데 결혼을 해서 아내와 아이까지 같이 온다고 하니 몹시 당황스러웠던 것 같았다. 은근히 아이만이라도 떼어 놓고 오기를 원하는 것이었다. 물론 그것이 한국이라면 어느 누구라도 내 아이에 대해 그런 말을 했다면 불쾌했겠지만 손위 누나한 분을 믿고 떠나는 우리로서는 조금은 더 현명해져야 한다고 자위할 뿐이었다. 출산도 하기 전에 아이를 남겨두고 가야 한다는 결론은 나를 너무 허망하고 서글프게 만들었지만 "아빠, 엄마의 성공이 다 너를 위한 게 아니겠니?" 라며 영리한 자기 합리화에 빠지기조차 하였다.

그러나 하필이면 인터뷰가 있는 1980년 1월 24일, 산기가 있을게 뭐겠는가? 서울에서 살다가 출산일이 가까워 지방으로 갔다가 인터뷰 날짜 통보를 받고, 급히 서울로 올라와야 했던 것이다. 기차를 오래 타다보니 몸이 출렁거려 그리 된 것 같았다.

눈이 하얗게 쌓였던 날 아침, 남편은 나를 병원으로 옮기랴, 인터뷰 연기하랴, 동분서주한 덕분으로 초산이었지만 나는 딸아이를 순산했다. 그 엄청난 고통 속에서 얻은 생명에 대한 기쁨과 그 신비함에 떠나오기 전, 석 달 동안 나는 온통 아이 생각뿐이었다. 출산 전과는 달리 아이에 대한 생각이 자꾸 달라지는 나를 의식하며 그렇지 않아도 괴로운 남편에게 아이 수속을 해서 미국에 같이 가게 해달라고 졸라댔다.

하지만 아이는 생후 1개월 이내에 신청해야만이 가능하다는 것이었고, 그 때는 이미 아이의 출생 신고가 끝난 뒤였기 때문에

1개월에서 꼭 하루가 지나고 있었다. 이것은 어쩌면 내 아이와 나의 숙명 같은 것이라는 생각을 하며 쓸쓸히 해외개발공사를 나오던 나는 우유를 먹고 자라야 될 내 아이가 그저 가엾을 뿐이었다. 친정에서 몸조리를 하고 있던 나는 손안에 반절도 차이지 못하는 그 조그만 손을 깨어질까봐 감싸 쥐고 새벽녘까지 들여다보다가 행복해 하고, 그러다가 아이를 남겨 두고 가야한다는 생각이 스치면 소리 없는 눈물을 찔끔거리곤 했다.

그러나 나의 이러 정신적인 괴로움과는 상관없다는 듯 출국일은 하루하루 가까와 왔다. 출산 석 달 만에 딸아이에 대한 행복과 슬픔을 같이 하며 뉴욕행 비행기를 타야 했고, 물 설고 낯선 타국으로 떠나오지 않을 수 없었다. 과거와 결별이라도 하듯, 그리움이 될 만한 일기장, 편지들은 모두 불태워 없애 버렸고, 책들도 다른 이들에게 다 나누어 주었다. 고국에 조금의 미련도 남기지 말자는 각오를 단단히 했으나 비행기에 오르자마자 지금까지 참아왔던 눈물이 내 전신으로부터 흘러내렸다. 그러나 이미 내게는 아이의 환상만이 나의 것일 뿐이었다.

'과연 나는 내 아이를 남겨 두고 떠나야 할 만큼 가치 있는 삶을 가지러 가는 것일까.'라는 의문을 수없이 했다. 인간이란 결국, 그때 그때의 상황에 따라 알맞게 살아가지 않을 수 없게 되어 있는 존재인가 보다.

어쨌든 우리 셋― 남편과 나, 같이 오게 된 막내시누이는 무사히 큰시누님 아파트에 여장을 풀었다. 반가워하시는 큰누나께는 미안한 일이지만 나는 마치 낮선 사람 집에 와있는 것처럼 썰렁하고 휑한 기분을 느끼지 않을 수 없었다. 남편과 시누이들의 즐거운 재회를 바라보며 꾸어다 놓은 보릿자루처럼 맹해져 그들을 바라보고 있을 뿐이었다.

이민생활의 시작

미국에서의 이민생활은 그렇게 시작이 되었다.

큰시누이의 아파트는 침실은 하나였지만 넓은 거실과 동향으로 난 큰 유리문이 있어 무척 깨끗하고 밝았다. 나는 한국식 아파트를 상상하고 있었으므로 적어도 침실이 두 개는 될 것이라고 믿고 있었기 때문에 많이 당황했다. 그렇다고 큰시누이의 요청대로 우리가 침실을 사용할 수는 없었고, 응접실에 놓인 소파용 침대를 사용하기로 했다. 부부의 개인생활을 보장시킬 수는 없었지만 응접실이 우리가 감사하게 거처해야 할 곳이었다.

처음 이민 온 누구나가 전혀 생소한 이곳에 오면 물론 거주할 곳이 필요하며, 그것은 여자로서는 시댁 쪽 아니면 친정 쪽이 되지 않을까 싶다. 물론 다른 경우가 될 수도 있겠지만 아이라도 있고 보면 그건 정말 어려운 문제가 되고마는 것이다. 나는 처음으로 아이를 두고 온 현실에 다행스러움을 느끼지 않을 수 없었고, 아이를 기꺼이 맡아 주신 시부모님, 친정어머니께 감사하는 마음조차 생겼다.

하여간 당분간 큰시누이 댁에 머물 수 있는 여건을 만든 건 분명한 것이었다. 그러나 나는 그동안 내 아이의 생각으로 꽉 차 있었기 때문에 시누이들과의 앞으로의 생활에 대한 어떠한 마음의 준비도 되어 있지 않았다. 그리고 어차피 그렇게 오래 살게 되리라는 계획도 가지고 있지 않았다. 다만 어느 누구하고도 늘 다정하게 지낼 수 있는 나라고 생각해 왔으며, 막내로서 거침없이 자라온 나는 인간관계의 복잡성에 대해 심각하게 생각해 볼 기회가 없었던 때문인지 모든 것이 잘되어지리라는 생각뿐이었다. 정말 모든 것이 다 잘 되어질 것이며 그러기를 얼마나 바라고 있는 것인가 우리는-.

이렇게 해서 나의 미국 생활은 하루하루 시작되어 갔다. 누구에게나 시작이란 늘 중요하기 마련이듯 우리의 시작도 우리의 생애를 통해 얼마나 값진 것이 될 수 있을 것인지 그것은 우리에게 무한한 미지수였다. 단지 우리는 최선을 다해 사는 것, 그것만이 중요한 것이 될 것이었다. 어차피 한 치 앞도 내다 볼 수 없는 게 인간이라면 우리는 우리 앞에 직면한 우리의 현실에 순응할 도리밖에 없지 않은가. 인생이란 강한 자가 살아남는 법칙만 있는 게 아니라 자기 현실의 적응여부에 따라 생존의 무게가 달라지는 것이라고 믿고 있었다. 어떠한 어려움 속에서도 나라는 가치를 손상시키지 않고, 내면의 순수함을 굳게 지켜야 한다는 의지를 상실하지 않는 것이리라. 그리고 지금 내게 당면한 문제는 시누이들과 어떻게 호흡을 맞추어 즐겁게 지낼 수 있는가였다. 거의 20여 년씩 각기 서로 다른 환경과 다른 습관을 가지고 산 우리에게 필요한 것은 단지 이해라는 한 가지뿐인 듯 했다. 원래 남편은 태평한 성격이기도 했지만 누나와 동생 사이에서 별 불편 없이 늘 즐겁고, 행복해 보였다. 반면 나는 그들과의 공통화제에 끼어들만한 게 없어 자꾸 소외감을 느꼈다. 어쨌든 남편이 행복해 보이니 모든 것은 잘되지 않았는가.

그러나 사실, 엄밀히 따지면 그것은 잘 된 것이 아니었다. 나는 늘 찬물에 기름 돌 듯 외로워하고 고독해져 갔지만 남편과 둘만의 시간을 가질 수가 없었다. 그렇다고 자존심이 강한 내가 그런 내색을 할리 없었다. 나는 언제부턴가 나의 외로움과 고독으로부터 나를 감추는데 익숙해지려 노력했음인지 남편은 나의 웃는 얼굴 외에는 나의 감정 변화에 많이 무디어져 갔다.

이렇듯 근 열흘 동안 줄곧 이곳저곳 재미난 구경을 다녔지만 거리에서 아이만 보아도 잠깐 잊었던 딸아이의 생각이 나 눈만 껌뻑하면 금방이라도 눈물이 쏟아질 것만 같았다. 처녀 때는 별로 울일이 없었고, 울어 본 적이 별로 없던 내가 그렇게 울보가 될 줄이야. 미국에 와서 이렇게 하루하루 구경삼아 할 일 없이 보내는 날만은 내 아이와 같이 있을 수 있어야만 할 것 같은 간절한 소망이 슬펐고, 죄책감이 일기도 했다. 하나 현재 내가 할 수 있는 것은 참는 것밖에 없다는 걸 너무나 잘 알고 있는 나였다.

인내! 인내! 그것만이 내게는 오로지 필요한 것이었다. 매일매일의 나에겐 다만 그 외침뿐이었다.

사실 큰시누님은 미국에서 10여 년 동안 독신생활을 하고 있었다. 그 세월만큼 사려 깊고, 자기 생활에 투철하며, 남자의 사랑 없이도 늘 행복하려 노력하는 것 같았다. 그리고 혼자서도 충분히 행복할 수 있는 방법을 터득하고 있는 것이었다. 더군다나 간호사로 혼자 취업 이민을 와서 미국 정규대학을 졸업하고, 뉴욕 대학원에서 보건사회학 석사 공부를 해낸 강한 의지의 여성이었다. 객관적으로 따지면 그녀는 거의 완벽에 가까운 인물이다 싶다. 나를 대하는 데도 너무 조리 있고, 실수가 없어서 그녀를 이해하게 되기까지의 나에게는 더 조심스러운 존재였다.

부드럽지 못한 분위기를 싫어했던 나는 무언가 보이지 않는 끈이 팽팽하게 조이고 있는 시누이들과의 현재 생활이 답답해질 때가 많았다. 그럴 때면 나는 친정어머님과 언니들께 아주 미국생활이 재미있다는 편지를 쓴다거나 가까운 공원에 나가 아침공기를 마시며 몇 시간이고 책을 읽거나 하는 것이었다. 그러나 공원은 지저분한 사람들이 많기 마련이었고, 뉴욕의 중심가인 맨해튼도 예외는 아닌 성 싶었다. 여러 인종들의 얼굴과 누더기 차림의 형언할 수 없는 괴성— 그것은 한 마리 짐승의 울음처럼 두렵기까지 하였다. 그러다가 다시 잠잠해지면 아파트에서 어떻게 개를 키우는지 알고 싶을 만큼 덩치 큰 남자 여자가 또 덩치 큰 개 한 마리씩을 공원에 풀어 놓아 내 앞을 휙! 휙! 지나쳐 가슴이 철렁해지곤 했다. 이래저래 나는 나만을 감금할 수 있는 아주 조그마한 공간도 차지할 수 없는 이방지대의 가녀린 존재가 되었다는 게 슬펐다.

직업을 찾아서

편안히 놀고 있어도 불안한 시간들이 흘러갔다. 나는 하루라도 빨리 일거리를 찾는 게 급선무라는 생각을 했다. 그러나 신문의 구인난에는 야채 다듬는 아주머니, 캐쉬어, 아니면 영어가 능숙한 여성이 주된 것이었고 남성들 또한 야채가게가 주된 직업의 나열이었다. 이민자들이 선택할 일거리는 그만큼 한정되어 있었다. 이 중 어느 것도 나에게 맞거나 어울릴 것 같지 않아 나는 망설이고만 있었다.

그러나 이것은 나의 커다란 오산이었음을 나중에야 알았다. 미국이란 내게 어울리는 직업을 주기 위해 준비해 두고 있지 않다는 것 말이다. 한국식 사고방식으로 '나는 공장에 결코 다닐 수 없다든가, 어떻게 남의 집에 가서 노동일을 할 수 있담' 하는 날에는 찌든 가난과 부딪쳐야만 할 것이다. 그리고 미국이 세계 제일의 강대국이 된 이면에는 직업 귀천을 따지지 않는 사람들의 열린 사고방식이 굳건하게 나라를 지키고 있는 것이다. 무엇을 하든 열심히, 정직하고, 성실하게 일하는 사람에겐 어김없이 능력만큼의 대가가 꼭 주어지는 곳이 미국임을 알고 실천해 가는 사람만이 성공할 수 있는 것이었다. '노동의 대가는 신성한 것이다.' 그러니 미국의 유명인들이 웨이터나 웨이추레스를 했다고 당당하게 말하거나 심한 노동일에 종사했다고 해도 별로 놀라울 일은 아님을 알게 되었다. 오히려 그런 일들을 할 수 있었던 자신들을 자랑스러워하는 것이리라. 그 정신적 자유로움이 미국의 힘인 것임을 알게 된 것이다.

어린 학생들도 14살 이상이 되면 하루 3시간 정도의 아르바이트를 할 수 있으니 맥도날드나 수퍼마켓에 가서 노동의 즐거움, 용돈을 벌어 쓰는 당당함을 익히게 된다. 성인이 되면 결혼 전이라도 부모와 같이 사는 것을 부끄러워하여, 자립해 살 수 있는 능력을 키우려 하며, 자랑스러워하는 것이다. 그런 자식들은 부모의 재산조차 자기 것이 아니라 할 만큼 독립심이 강하여 배울 만한 삶의 태도가 아닌가.

그런 세상에 와서 십여 일 정도 아파트에 갇혀 있으려니 나는 10여 년은 살아 버린 기분이었다. 오히려 전세방에서 신혼살림을 소꿉장난하듯 하던 서울에서의 우리가 자꾸만 생각났다. 이른 아침 둘이 일어나 똑같은 흰 트레이닝복을 입고 면목동 뚝을 한 바퀴 돌아 죠깅을 하고, 둘이 아침을 해서 먹고 버스를 타고, 몰몬교 선교사들에게 가서 영어 회화 공부를 마치고, 타이핑 학원에 가서 연습을 하고 둘이서 시장을 들러 장보기를 몇 가지 해가지고 와 저녁을 같이 만들어 먹는 생활이 꿈결처럼 떠올랐다. 주인아줌마는 그런 우리를 보며 '잉꼬 부부, 잉꼬 부부' 하며 몹시 부러워했었는데 지난 시절은 꿈속 같기만 했다.

이미 그 시간들은 현재가 아니고 지나가 버린 과거가 되었다. 그 날은 나는 겉으로는 웃으며 태평했지만 몹시 우울해 있었다. 왜냐하면 내 아이의 백일이기 때문이었다. 엄밀히 따지면 백일이란 커다란 의미는 없는 것이었겠지만 내 조카들의 백일에 했던 조그마한 잔치가 기억에 떠올라 엄마가 없는 내 아이는 백일 사진이라도 잘 찍었는지 그저 안타까울 뿐이었다.

사실 따지자면 나는 한국을 떠나온 뒤 열흘 정도를 줄곧 놀고 있었다는 얘기가 된다. 이러다가는 어느 세월에 기반을 닦아 내 아이를 데려올 수 있을지 까마득한 생각이 들자 나는 큰 시누님의 친구 분이 소개해준 야채가게 캐쉬어로 가기로 결심이 섰다.

아이의 백일을 나는 그저 태평한 기분으로 유유낙락하게 보낼 수는 없었고, 보내지 않아도 되는 것만이 퍽이나 다행스러웠다. 아직도 내 가슴에 남아있는 딸아이의 조그만 체온과 초롱초롱한

눈과 볼에 패이던 보조개를 지닌 그 앙증스럽던 모습이 새로운 것에 도전해 보는 용기와 힘을 주는 것이었다. 엄마는 결코 약해지지 않을 것이며 울지도 않을 것이라고 마음속으로 몇 번이나 다짐하며 흑인가에 있는 그 야채가게를 찾아갔다.

그 집에서 초보자인 캐쉬어도 좋다는 조건이 우선 마음에 들어서였다. 물론 영어만 능통하면 사무직도 얻을 수 있는 기회가 있겠지만 아직 짧은 영어로는 내 자신이 그것을 감당할 수 없을 것이 뻔했다. 그래서 우선 아무거나 내가 할 수 있는 가능의 것을 선택하는 것이 현명하다는 판단이 섰기 때문이다. 그때의 내 생각으로는 공장보다는 캐쉬어 쪽이 훨씬 더 듣기 좋아 보였는지도 모른다.

마침 내가 찾아간 날은 금요일이어서 몹시 바빠 캐쉬하는 주인아줌마 곁에서 물건을 넣어 준다거나 하는 일만 하면 되었다. 물론 이렇게 일하는 건 좋았지만 점심에 우유 상자를 엎어 놓고, 푹! 푹! 국 하나에 밥을 말아 먹자니 형언할 수 없는 서러움이 가슴까지 북받쳐왔다. 그러자니 아무리 하찮은 것을 주시더라도 쟁반이나 상에 꼭 받쳐다 주시며 먹으라 하시던 친정엄마 생각이 나 더 서러워졌다. 그러나 그 엄마는 내가 이곳에 이렇게 서있는 걸 보지 않으시니 얼마나 다행인가 싶기도 했다. 아니 어쩌면 변모한 내 모습을 보며 "우리 막내 참 장하다. 젊어 고생은 돈 주고도 못 사는 것이다. 다 괜찮다."라고 격려해 주실 것 같기도 했다.

그러니 이만한 고통도 이겨내지 못하는 약한 딸을 두고 싶어 하시지 않을 것도 분명한 것이다. 막내로 너무 귀엽게만 키운 것을 내심 걱정하시던 눈치셨지만 엄마의 딸임을 꼭 보여드리겠노라고 마음을 다져 먹었다.

하지만 역시 서러운 것은 서러운 것이었다. 내가 왜 이 지저분한 곳간에 서있어야 한단 말인가. 꼭 내가 이곳에 서있지 않으면 안 되는가 하는 회의가 생겼다. 그러나 순간 나는 이미 하이힐이나 신고 멋 부리고 다니던 옛날의 나는 그렇게 중요한 것이 아니라고 생각했다. '어제의 나보다는 현재의 나가 가장 중요한 것이 아니냐' 라고 자신에게 반문해 보았다. 어제의 그것은 현재의 내게 주어진 것이 아니고, 돌아 갈 수도 없으니 집착해본들 무슨 소용이 있는가.

지금 내가 앉아 있는 곳 – 야채가게의 곳간 – 그것이 중요한 것이다. 물론 내가 하기 싫으면 그만두면 그뿐이었다. 하지만 처음 부딪친 미국에서의 첫 일을 허약한 마음으로 물러설 수는 없다고 생각하였다.

인간들이 할 수 있는 일이라면 무슨 일이든지 나도 할 수 있다고 생각하고 나니 한결 마음이 가벼워졌고, 배가 고팠던지 집에서 놀던 때보다 그렇게 밥맛이 더 좋을 수가 없었다.

네 덕, 내 탓

　시댁의 사업이 기울어졌다고는 했으나, 소유하고 있던 건물과 땅은 내가 살고 있던 읍내 버스 배차장 앞, 아주 좋은 목에 있었다. 그런 곳에서 살 수 없다고 마음속으로나마 생각했던 건 나였다. 식당, 탁구장, 쌀가게, 시멘트 공장, 뒤쪽으로는 넓은 땅덩어리가 미국식으로 말하면 상당히 괜찮은 쇼핑 센터였는데 나는 그것이 번쩍이는 황금으로 보이질 않았고, 장사꾼의 아내가 될 내 모습을 상상하니 너무 창피했고, 자존심이 상했다.

　그래서 남편과는 결혼할 수 없다고 생각했는데 전생의 지중한 인연이 있었던지 맺어지게 된 것이었다. 겉으로 표현은 안했지만 그 상가에서 벌리는 돈을 눈치로 어림잡아 보니 대학교수와 서기관인 형부들 월급보다 훨씬 많은 것 같았다. 아무리 그래도 그렇지. 커다란 사업가도 아니고, 장사꾼의 아내가 된다는 게 도통 마땅치가 않았던 것이다.

　그런데도 미국에서는 나를 아는 사람이 없을 테니 무슨 일이나 할 수 있을 것 같았다. 그런 체면치레적인 정신 상태였으니 결혼 전에 이미 이민 신청을 해놓았다던 남편에게 순순히 동의하고 따라 나섰던 것이니 감히 누구를 원망하랴.

　이 모든 결과는 누구의 탓이 아니라 전적으로 내가 선택한 내 탓인 것이다. 어쨌든 미국에 왔으니 남편이 무슨 일이나 할 수 있는 용기를 주기 위해서는 아내인 내가 기꺼이 하이힐을 벗고, 어려운 일을 시작한다는 것이 더할 수 없이 중요하다고 생각했다. 그것이 나와 내 아이의 행복을 지키는 것이기도 했고, 한국에서는 할 수 없는 일도 미국에서는 해야 될 것 같았다. 내가 선택한 내 앞날은 내 스스로 책임을 져야 하고, 나를 사랑한 한 남자의 인생도 행복해야 하는 것이다.

나는 잠시 약해졌던 내 모습이 내 아이에게 보여지기나 한 것처럼 부끄러운 생각조차 들었다. 아이를 떼어놓고 미국에 와있는 엄마가 하루하루 편안하고 즐기기 위해 와있다면 그것은 커다란 모순이 아니겠는가. 하루하루 열심히 뛰면 그만큼 빨리 내 아이를 만날 수 있을 것이라는 생각이 나를 기운 나게 만들었다. 곱게 치장이나 하고 아이의 예쁜 눈을 들여다보며 매일매일을 소비했던 고국에서의 생활에 대한 미련 같은 건 이미 내 것일 수는 없었다. 이것은 끊임없는 자기와의 싸움이며 자기로부터 패배당하지 않기 위한 마음을 다지는 자아 극복의 순간순간이었다.

이렇게 이틀을 보내고 나니 나는 처음으로 이틀분 대가인 달러를 손에 쥐었다. 하지만 아직 직장을 구하지 못한 남편의 민망스러워 하는 모습이 딱하여 "남편이여, 그대는 기죽지 말지어다." 하며 익살스런 기도까지 해보이며 즐거워했지만 우리 부부가 그렇게 애처로울 수가 없었다. 애처로워서 차라리 울고 싶었다는 표현이 어울릴지도 모른다. 남편은 나의 명랑한 태도에 마음이

놓였던지 그날 받은 달러를 가보로 정해서 벽에다가 장식해 두겠
노라고 해서 우리는 또 한바탕 웃지 않을 수 없었다. 그러나 밤에
다리가 부어 얼마나 고통스러웠는지 자다보니 남편이 다리를 주
무르고 있지 않은가. 자면서 앓았나 싶어 미안하기도 했지만 마
음만은 그렇게 행복할 수가 없었다.

　그런데 남편이 월요일은 108가 흑인가에 있는 상점이 마음에
놓이지 않았던지 나를 데려다 주고 데리러 오곤 했는데 초보자
남자는 쓰지 않겠다던 주인아저씨가 남편이 마음에 들었던지 같
이 일해 보자고 했다. 어차피 혼자 다니기에는 너무 멀었던 우리
는 몹시 기뻤다. 남편이 우연한 기회에 일을 찾아내어 좋았고, 한
집에서 일할 수 있다면 오며가며 마음이 졸이지 않아도 되니까
다행이었다. 그러나 우리가 기뻐한 만큼 한 집에서 일한다는 건
그리 유쾌한 일은 아니었다. 사실 초보자 캐셔도 좋다고 했던 그
집에서는 내가 아직 서툴다는 이유로 야채를 다듬어 주거나 점심
을 해주거나 하는 일을 바라고 있었지 나에게 캐셔를 맡기지 않
았다. 달러를 전혀 사용해 보지 않았던 나는 계속 줄지어 있는
사람들을 캐셔할 수 있을 만한 능력 또한 없었던 것도 사실이었
다.

　주인 쪽에서는 아예 나를 계획적으로 잡일을 하게 할 것 같은
생각마저 들어 몹시 속이 상했다. 안에서 그러한 일을 하며 언제
캐셔를 배울 것인가도 심난했지만 신문을 보고 얻은 직업도 아니

고 소개를 받은 입장이라서 뚜렷한 이유 없이 그만 두어 버리고 싶은 기분도 아니었다. 또한 그만한 정도의 고통도 이겨낼 수 없는 나이고 싶지도 않아 그 일이 나에게 맞지 않으니 그만 두라는 남편에게 고집을 부리며 일을 다녔다. 일이 익숙해지면 편해지리라 생각했던 내 일은 하루에 몇 분간의 휴식도 주어지지 않은 채 익숙해지는 만큼 힘들어 갔다.

일터에서

일터는 인간의 생존을 지켜주는 중요한 장소다. 그만큼 치열하고, 각박하다.

밖이 한가해서 안에서 야채를 다듬다 보면 어느 사이에 밖에 사람이 많아졌는지 주인아저씨의 화난 음성이 들리는가 하면, 그래서 워치를 하다보면 점심식사가 다 되었느냐고 묻는 주인은 나를 쑥스럽게 만들 뿐이었다. 시간이 흐를수록 나는 내 나름대로의 회의와 신뢰할 수 없는 사람들과의 시간이 아까울 수밖에 없었다. 더군다나 주인아저씨는 아내인 내 앞에서 남편의 체면을 존중했음인지 창고물건 정리에 관한 잔소리까지 나에게 하는가 하면 남자들이 해야 될 일까지 구분 없이 나에게 말하기 때문에 극도로 내 신경은 예민해져만 갔다.

물론 내 일의 한계가 없이 일한 잘못도 있었지만 부부가 같이 일하면서 한계를 정할 수는 없지 않은가. 더군다나 몸으로 한 일이라고는 몇 달 동안 남편과 함께 식사를 만들어 먹은 것이 고작이었던 내가 남의 집에 가서, 그것도 그릇 하나 제대로 놓을 곳조차 없는 그곳이 내게는 너무 불편하였고, 식사 준비하는 건 아주 질색이었다. 그렇다고 내 보수만큼 일하고 싶지는 않았고, 내 능력껏 부지런히 일하고자 했다. 그것은 내가 그 정도의 가치만 지닌 인간이라고 자인하고 싶지 않아서였다.

창고에서 물건을 꺼내는 일, 물건 고르는 일, 야채 다듬는 일, 워치하는 일, 식사준비 하는 일 등 구분 없이 내가 할 수 있는 한은 열심히 해주려 하는 내 성의를 그들은 욕심에 제한 없이 그 이상을 요구하고 있는 것이었다.

나는 내 자신이 조금 더 열심히 일함으로써 남편에게도 도움이 되고자 했지만 결국 그것은 올바른 일이 아니었고, 남편의 능력을 피곤하게 할 뿐이었다. 내가 그렇게 하지 않아도 남편은 충분히 그 일을 해낼 수 있었을 테니 말이다. 하여간 흔적 없이 부산스러운 나날이 지나갔다. 신경이 예민하고 꼼꼼한 성격인 주인아저씨로 인하여 남에게 싫은 소리를 조금도 듣지 않으려고 부단히 노력하는 나는, 자존심이 종종 상했다.

군 장성으로 제대했다는 중년 남성인 그는 내가 일하고 있는 곳으로 와서는 이제 겨우 스물여섯 살을 넘긴 나에게 은근히 해

괴한 농담을 늘어놓아 여자로서의 수치심을 자극하였다. 몸이 피곤한 것보다 더 참기가 힘든 고역이었다. 그러나 적어도 그는 나보다 훨씬 많은 인생을 살았고, 주인이어서라기보다는 그에게 손아래 사람으로서 깍듯이 대접하는 것이 나라는 인간이 취해야 될 올바른 처사라고 생각했지만 불쾌한 것은 불쾌한 것이었다. 좋은 쪽으로 생각하자면 그는 부지런했고, 그 나름대로 내가 취해서 배워야 될 점도 있기는 했으나 사람을 불안하게 하는 인품이었다.

마음 좋은 주인아주머니는 아저씨가 물건을 싣고 오기 전에 나에게 캐셔를 맡기고 야채를 손질하면서 캐셔로 와서 잡일을 한다고 늘 미안하게 생각하며 친언니처럼 잘해 주었다. 아마 그 아줌마가 아니었다면 나는 당장 그 일을 그만 두었을 것이다.

그렇게 해서 나는 어느 정도 캐셔에 능숙해졌지만 아예 아저씨 앞에서는 캐셔대에 설 생각조차 하지 않았다. 남의 돈을 만진다는 게 무척 어려운 일이라는 것을 깨달은 때문이었다. 그리고 내가 주인이었다 하더라도 미숙한 캐셔에게 절대로 그 일을 하게 하진 않았을 것이다.

그러한 의미에서 나는 그들을 충분히 이해할 수 있었지만 처음부터 잡일을 해야 했다면 나는 아예 이 가게에 오지도 않았을 것이라는 어설픈 생각을 하며 속을 끓였다.

인간의 가치

내가 접한, 미국에 와있는 한국인들은 너무나 고생을 해서 돈을 벌은 이유 때문인지 지나치게 돈이라는 것에 집착하는 것 같았다. 돈보다 귀중한 게 인간인데 자기가 갖추어야 할 기본적 인간성마저 상실되어 간다면 돈을 버는 진정한 의미가 무엇일까. 돈이 물론 많은 의미와 소중한 가치를 지니고 있는 것이 사실이나 돈의 액수만큼 행복의 가치가 늘어나는 것은 아닐 것이다. 돈의 액수만큼 사람의 인품이 훌륭해진다면 얼마나 좋을까. 좋은 차를 타고, 좋은 집에서 살며 겸손하지 못한 우쭐거림의 경박함은 인간의 품위와 가치를 짐작할 수 없게 한다.

시골 장날 나무지게에 생선 몇 마리를 얹어 지고 가는 남편 뒤를 짚신을 신고, 고무신을 사서는 소중하게 모시듯 들고 가는 아내를 상상해보라. 행복에 겨워 도란거리는 가난한 옛날 부부의 모습은, 그저 무지하고 몰라서 행복한 존재였을까. 미국에 와서 지성인이라 자처하는 이가 사업장에서 욕설을 퍼붓고 아우성치는 모습은 부부의 아름다움은커녕 오히려 역겨운 우리네 현상이 아니던가.

화가 나면 그 야채 그로서리가게 아저씨는 아줌마에게 오렌지를 집어 던지는 야만성을 보이기도 해서 아줌마는 가게 뒤쪽 구석에 쪼그리고 앉아 울곤 했다. 그런 모습을 볼 때마다 내 마음이 너무 아팠다. 남편과 아내는 서로 존중해야 하는 반려자인데 그렇게 함부로 대해도 되는 것인가. 만약 내 남편이 나에게 그런 식으로 대했다면 나는 아마 그 자리에서 죽어 버리고 싶어질 것이었다. 먼 타국까지 와서 고생을 하고 있는 아내에게 어떻게 그럴 수 있는 것인가 싶었고, 이것을 과연 부부의 행복이라 이름할 수 있는가 싶기도 했다. 내가 가끔 들르는 생선가게의 젊은 부부들은 어쩌면 그렇게 다정스러운지 보는 사람도 흐뭇할 정도여서 그런 부부의 모습도 있다는 게 다행스럽긴 했다.

그러나 이러한 현상은 남의 얘기가 아닌 바로 나의 얘기일 수도 있는 것이었다. 이렇게 거의 한달 보름 정도 안간힘을 쓰며 하루 꼬박 12시간씩 서있고, 지하철 타는데 두어 시간 소비하고 나면 일이 몸에 배이지 않았던 나는 현기증까지 일으키곤 했다.

시댁식구란 아무리 잘해 주어도 어려운 관계여서 피곤한 일을 마치고 와도 편히 쉴 수 있는 형편이 되지 못한 나는 정신적으로, 육체적으로 피곤과 불만이 축적되어 갔다.

그래서 그런지 조그마한 일에도 아주 예민해지기 마련이었고, 다른 곳에서 억제된 감정들이 남편의 작은 실수에도 커다랗게 울화가 치밀어지는 때가 많아지곤 했다. 이런 일들은 나 자신도 모르게 그렇게 되어 가고 있었다.

갈등의 시간 속에서

난생 처음 몸에 익지도 않은 노동일을 한 덕분인지 카페트를 밟아도 발이 둥둥 떠 있는 것처럼 통증만 느껴질 뿐 걸을 수도 없었다. 그렇다고 집안에 들어와서 편안히 혼자 휴식할 만한 내 방이 없다는 것은 어떻게 생각하면 몹시 괴로운 일이었다. 그러나 이런 고통들이 밖으로 발산될 수 없는 내부의 축적이었기에 야채가게에서 힘든 일을 하는 남편조차 아무것도 모른 채 쓰러져 잠들어 버리곤 하였다.

그럴 때마다 나는 나를 진정으로 이해하고 위로하고 받아들여 줄 엄마와 언니들과의 즐거웠던 옛일들을 떠올리며 베란다에 나와 먼 하늘을 바라보았다. 그러다가 눈물을 찔끔거리기도 하고 문득 내 아이의 얼굴을 떠올리며 약한 엄마가 된 내 모습이 부끄러워 다시 잠을 청하곤 했다.

그런 날이면 갑자기 커버린 듯한 내 아이의 꿈을 연신 꾸는 날이 많아 아침이면 전신이 찌뿌둥할 뿐이었다. 그렇다고 노동일을 하러 가는 남편에게 아침 식사를 거르게 하진 않았다.

남편은 차츰 얼굴이 꺼칠해져가는 내 모습을 바라보며 불편하면 이사를 하자고 하였다. 그렇지만 가지고 온 돈도 얼마 되지 않은 처지에 편하게만 살 수 없다는 내 욕심은 시누이들과 조금만 더 같이 살면서 다만 얼마라도 저축해 보고자 하는 생각이었다. 물론 식비 정도는 내고 있었지만 우리가 아파트를 얻어 나가면 그만큼 저축액이 줄어들 것이기 때문이었다. 그러나 이보다 더 중요한 것은 10년이나 혼자 살아오신 누나 곁을 떠나고 싶어 하지 않는 남편의 마음이었다. 나 하나로 해서 형제간의 우애하는 마음만은 다치고 싶지 않은 거였다.

시누이들도 나와 같이 사는 불편함을 그것 하나로 참고 있을 상황에서 내가 그렇게 한다면 잘해 주려고 노력하는 시누이들에 대한 내 도리가 아니라 싶어 조금만 더 참아 보자 싶었다. 남편이 내게 소중하다면 남편의 형제들도 내게는 그만큼 소중한 존재임에는 틀림없다. 그들이 나에 대해서 어떠한 감정과 어떠한 생각을 가지고 대해 오든 그것과는 상관없이 내 자신이 그들을 어떻게 생각하고, 어떻게 행해야 하는 것만이 현재의 내겐 가장 중요한 것이었다.

어찌 되었건 우리 넷은 무척 즐겁게 반반씩 양보해 가면서 일요일 하루도 쉬지 않고 아픈 발을 끌고 테니스를 하고, 자전거를 타며 신나해 했다. 오히려 나에게는 시간적인 여유가 없는 것이 훨씬 속이 편했다. 어쩌면 그것은 나 자신이 편하지 않으므로 해서 내 아이에 대한 죄책감으로 인한 나를 의식하지 않을 수 있어 좋았기 때문인지도 모른다. 그것은 일종의 자기 학대였는지도 모른다. 내 아이와 떨어져 있는 시간들 속에 적어도 그 이상의 대가가 없다면 무척 원통할 것만 같은 생각조차 드는 것이었다.

나는 일할 때도 열심히 정신없이 일했고, 무엇이든 열심히 하고자 했다. 어쨌든 이러한 내 정신 상태와 생활은 나를 자꾸만 어렵고 힘들게 했으며, 아무리 안간힘을 써도 휴식은 꼭 필요한 것이 되고 말았다. 손익의 균형은 늘 조화되고 있게 마련인지, 시간에 대한 이익만 추구한 탓인지, 더 이상의 노동은 무리라고 생각하게끔 되었다. 매사에 자신이 조금은 손해 일 때 나는 나로서 인정받을 수 있는 것이 우리네 생활인지도 모른다. "조금만 더 해보자." 하면서 참아 보았지만 여전히 발바닥은 딱딱한 껍질로 덮여져 만지기만 해도 통증이 왔다.

생각 같아서는 내 기분대로 훌쩍 가게를 나와 버리고 싶었으나 참았다. 나 좋을 대로 행동해 버리면 그들에게 좋은 인정을 받고 있는 남편의 입장조차 난처해질 것이 뻔했다. '아저씨의 웬만한 잔소리쯤은 내가 더 열심히 하면 되겠지'라고 생각하든가 아내 앞에서 남편의 체면을 존중해 주는 배려에 차라리 감사하자 하는 기분이 되어 있었다. 나는 될 수 있으면 퇴근길에 하루 동안 내가 느낀 것을 남편에게 많이 얘기했고, 그것이 남편을 위해 도움이 되길 바랐다.

늘 일이란 하는 사람도 중요하지만 얼마만큼 효율적으로 지시를 하는가 하는 것도 커다랗게 중요한 것이라는 것을 나는 이때 배웠다. 지시 받은 한 사람에 지시하는 두 사람의 상반된 의견은 늘 혼동되게 만들기 마련이었고, 두서없는 지시는 남은 일에 대한 흥미조차 잃게 만들기 십상이었다. 그것은 주인의 이중 손해를 의미하는 것이기도 했다. 물론 나의 경우는 부부가 한 집에 있지 않았다면 그렇게 일의 한계가 분명하지 않은 일은 하지 않았을 것이고, 내가 하지 않으면 남편이 해야 된다는 어리석을 만큼 순진한 생각을 하며 피차 많이 힘들고 피곤하진 않았을 것이다. 그 가치를 주인이 몰라줄 때는 일종의 허무감도 생기곤 했다.

이러한 일을 얼마만큼 하고나니 나는 참으로 씩씩해졌다. 물한 동이도 제대로 운반하지 못하던 내가 바나나 박스를 들어다가 빈자리를 채우고, 물건을 진열하는 걸 돕고 하다 보니, 기운도 세어지는 것 같아 남편과 내기 팔씨름을 하며 웃을 때도 있었다.

그러나 더 이상 일한다는 것은 무리였고 부부가 한 집에서 일한다는 불편 때문에 두 달 만에 야채가게를 그만 두었다. 하지만 그만큼 힘겹게 부딪친 미국에서의 나의 첫 직업은 그 정도의 경험만으로도 후일 내게 많은 인내를 갖게 해주었다고 생각된다.

휴식을 하면서

달리는 말일지라도 휴식은 필요하다. 15일 정도 쉬고 나니 발바닥의 딱딱했던 각질이 벗겨지면서 부드러워졌다. 아침마다 모래알을 씹는 것처럼 꺼끌꺼끌하던 입안도 음식을 거부하지 않아

기분이 좋아졌고, 임신한 것처럼 메스껍던 속도 편안해졌다. 더군다나 음식을 입에도 댈 수 없어 먹지 않는 나를 남편이 매일 아침 걱정하며 일터에 나가지 않아도 좋았다.

그러한 모든 것들이 정상으로 회복되고 몸이 편안해지니 다시 아이 생각이 나기 시작했고, 하루하루가 그렇게 아까울 수가 없었다. 물론 남편을 통해 전에 일하던 야채가게에서 다시 나와 달라고 했지만 야채가게에서 일하고 싶은 기분이 나지 않았다.

그런데 아파트가 다시 답답해졌다. 시댁에서 보내주신 아이에 대한 내용이 담긴 편지와 백일 사진을 보며 눈물을 흘리다가, 어렵고 외롭더라도 참고 견디라는 친정어머니의 편지를 읽으며, 다시 나를 추스르는 것이었다.

나는 남편과 시누이들이 출근하고 나면 전화통에 매달려 다이얼을 돌리고 적당한 일자리를 알아보았다. 사무직을 주로 찾아보려고 했지만 그리 용이한 일이 아니었다. 그런 직업은 편한 만큼 주급이 얼마 되지 않아 망설여졌다. 어쨌든 매사에 자신만만했던 나는 직업을 쉽게 구하지 못해 한심해졌다. 주소를 갖고 찾아갔다가 거대하고 깨끗한 건물 앞에서 어느 영화에 나오는 실직한 주인공의 뒷모습을 떠올리며 돌아서기도 했다. 아마 그런 나 자신을 본 사람이라면 그 주인공만큼 쓸쓸해진 내 모습을 보았을 것이다. 어쨌든 유창하게 영어만 할 수 있다면 그냥 뭐든지 부딪쳐 보는 건대 하면서 입속으로 영어를 뇌어 보지만 내 딴에는 잘

한다고 한 말도 하고 나면 엉뚱한 말이 되어 내가 생각해도 우스울 때가 생기곤 했다. 그러니 미국 직장은 아예 가볼 생각도 하지 못했다.

그러나 그리 불행하다는 생각은 들지 않았다. 한국에서 같으면 감히 엄두도 내지 못할 잡일을 해냈다는 자부심이 "너는 아주 장한 사람이야."라는 로맨틱한 자신감으로 변했다는 것은 아주 흥미 있는 일이다. 나에게는 건강한 남편이 나와 동반하고 있으며, 지금은 위아래 이가 하나씩 돋기 시작했다는 성숙한 내 아이가 엄마가 없이도 잘 자라 주고 있다는 뿌듯함 때문이었을까.

나는 거리를 걸으면서 문득문득 생각하곤 했다. 대부분의 한국 아이들은 엄마라는 말을 제일 먼저 배우는데 내 아이는 무슨 말을 제일 먼저 배우게 될까. 할머니, 할아버지, 아니면 무슨 말일까. 이러한 생각을 하다가 나는 갑자기 엄마로서의 자격 상실이 되어 버리기나 한 것처럼 풀이 죽게 마련이었다. 내 딸애의 조그만 모습을 지금도 그리라면 그릴 수 있을 것 같았지만 내가 사서 보낸 옷이 너무 작아 입힐 수 없다는 시부모님의 편지를 읽었을 때 나는 엄마로서 처참하리 만큼 하찮은 존재가 된 것 같았다.

그래서 나는 이런 답답함으로부터 나의 내부의 갈등을 무언가에 해소시킬 것이 필요했고, 그래서 아이와, 남편과 내 얘기를 낙서처럼 써본 글을 한국일보에 투고한 것이 활자화 되어 나오니 그렇게 기쁠 수가 없었다. 마치 나와 동질의 감정을 가진 사람이라도 만난 듯한 착각마저 든 것은 이곳이 미국이기 때문이었을까.
그 글을 읽고 감명을 받았다고 또 다른 글을 투고한 다른 동포의
글을 접했을 때 나는 정말 조금은 외롭지 않아도 좋았다. 그 글을
대하고 휴지통에 보내지 않은 보이지 않은 분들에 대한 진정한
고마움에 전화라도 하여 감사하다고 말하고 싶었다.

늘 고독해서 그늘져 보이는 친구의 분위기가 탐이 나 정말 고
독이 무엇인지 알지 못하면서, 고독을 만들어 고독한 체 해보고
싶어 했던 나는 정말 고독을 진정으로 사랑하고 싶지 않아졌다.

이러한 식으로 서성이던 나는 결국 이민자들이 거의가 거치게
된다는 봉제공장에 가보기로 작정하였다. 맨해튼 고층 빌딩 12층
에 있는 커다란 공장을 찾아내었을 때는 한국에서도 미싱에 올라
간 횟수를 셀 수 있을 만큼 경험이 없던 나는 겁이 덜컥 나서 엘
리베이터를 오르락내리락하였다. 그렇다고 더 이상 아파트에서
소일하고 싶지도 않았고, 남편의 괜찮다 싶은 수입도 혼자 버니
통장의 액수가 별로 늘지 않는 것 같았다.

차라리 영어라도 빨리 습득하면 어떻겠느냐고 하여 며칠 전에
는 큰시누이 미국 친구, 잭이 소개해준 레스토랑에 가보기도 했
었다. 호화찬란한 샹데리아 밑에 서있던 지배인은 한국에서 온
지 얼마 되지 않았다는 말에 인터뷰차 찾아간 나에게는 한 마디
도 묻지 않았다. 파트 타임 캐쉬어로 힘써 보겠다며 나중에 연락
하겠다고 하더니 며칠을 기다려도 종무소식이었다. 아마 접시 닦

이를 하겠다고 했으면 시켜 주었을까. 한국에서 같으면 아무리 고급스러운 데라지만 "웨이추레스를 시켜 주십시오."하며 찾아가진 않았을 것이다. 어찌하다 내가 그 직업도 얻지 못해 안타까워하며 바라보아야 하는 형편이 되었단 말인가. 이것이 바로 우리 이민자들의 미국인 것이었다.

직업의 귀천을 떠나서

그런저런 생각을 하며 봉제공장에 들어가 일자리를 얻었다. 월요일부터 출근하겠노라는 약속을 여장부 타입의 시원시원한 인상을 가진 주인아줌마와 하고, 정착된 기분으로 돌아왔다. 하지만 공장에 가득한 미싱과 옷감들이 자꾸만 떠올라 나를 그 일로부터 겁나게 했다. 내가 그 일을 잘해 낼 수 있을지도 의문이었다.

그러나 막상 해보니 그렇게 어려운 것은 아니었다. 물론 내 일은 쉬운 일부터 배워가는 것이었지만 열심히 일한 덕분이었는지 첫 주급을 받는 날 주인아저씨와 아줌마가 나를 불렀다. '참 열심히 잘한다'는 칭찬과 함께 더 열심히 하면 주급을 얼마 더 올려줄 테니 잘해 보라며 '처음에 미국에 오면 다 그렇게 기반을 닦는 것'이라고 격려까지 해주었다.

봉제공장에서는 단추 다는 일, 햄 치는 일, 블라우스 칼라나 단

박는 일 등등의 일들이 피스제나 주급제로 나누어하고 있었다.

거리로 나온 나는 천진난만한 소녀처럼 하늘을 날 것만큼이나 기뻤다. 나는 얼마의 주급 인상으로 기뻤던 것이 아니라 그런 일도 거뜬히 해낼 수 있는 나, 그 개인에 대해 인정을 받았다는 기쁨으로 한국에서와는 전혀 다른 희열을 느끼지 않을 수 없었다.

한국에서야 이 정도의 칭찬으로 이 만큼의 환희심을 느낄 수 있었을 것인가. 미국에 와서의 나는 내가 꼭 바보가 되어 버린 듯 의기소침해졌고, 그 만큼 나는 나 자신의 외로움에 빠져있었는지도 몰랐다. 더군다나 정말 공장에 다녀야 하는 가로 몹시 망설이던 내가 아니었던가. 그러나 미국에 와서 직업의 귀천을 따지며 하루하루를 그냥 소일하는 것처럼 어리석은 일은 없을 것이었다. 그렇다고 아이도 없는 내가 집안에서 많은 시간을 소비하는 건 시간의 낭비다 싶었고, 무용지물이 되어 있는 듯한 자괴감까지 드는 것이었다. 그만큼 미국의 아파트 생활은 여자가 직장 생활을 할 수 있는 충분한 여건이 갖추어져 있는 것도 사실이었다. 하루라도 빨리 기반을 닦고 서로가 계획한 인생의 목표를 향해 발돋움하고 아이도 데려오고, 생각하면 나에겐 아내로서 엄마로서의 막중한 미결된 것들이 쌓여 있었다.

그러나 이러한 즐거운 기분은 다음 주급을 받았을 때 엉망이 되어 버리고 말았다. 열심히 하면 올려 준다던 주급의 액수는 거의 변동이 없어 수표를 들고 온 나는 뒤척이며 잠을 이룰 수가 없었다. 나는 내가 할 수 있는 만큼은 열심히 일했다고 생각했으며 이러한 확신이 내게 있는데 그들이 약속을 이행하지 않은데 대한 일종의 분노마저 느꼈다. 남편에게 어린아이처럼 나의 성실성을 인정받으려 자랑했던 찌그러져 버린 나의 상처 입은 자존심으로 해서 나는 더할 수 없이 슬펐다.

나는 저녁내내 뒤척이다가 다음날 주인아저씨와 아줌마께 그 약속을 확인하였다. 그분들은 잊어서 미안하다며 즉석에서 수표를 교환해 주며 내 자존심을 살려 주었다. 그리고 공장에 역시 잘 나왔구나 하는 생각을 하지 않을 수 없었다. 그때의 그들에 대한 고마움이 문득문득 살아날 때면 그때 내가 그들에 대해 무엇을 느끼고 있었던가에 대해 웃음이 나오려 한다.

인생 공부를 하며

나는 차츰 공장 생활 속에서 태평스러워졌다. 나이 많으신 아저씨, 아줌마들로부터 인생의 경험과 많은 격려와 재미있는 칭찬도 들을 수 있어 좋았고, 나의 상냥함을 그분들도 좋아 하시는 것 같아 흐뭇할 때도 있었다. 나보다 나이 많으신 그분들이 너무나 열심히 살아가고 계시는 걸 보며 직접 산 교훈을 얻게 되는 것이었다.

물론 나만이 이러한 삶과 싸우고 있는 것이 아니라는 현실 감각도 생기게 마련이었다. 아내와 아이들을 한국에 두고 혼자서 일을 하고 계시는 분도 있었으며, 환갑이 내일 모레이신 아저씨, 아줌마, 임신 중의 부인들이 열심히 일하고 있는 모습은 아름답게 치장하고 할 일 없이 상가를 기웃거리며 활보하는 여자들보다 훨씬 가치있는 삶을 영위하고 있는 것처럼 성스러워 보이기까지 하는 것이었다.

　그들 중에는 간혹 현실적 열등감에서인지 한국에서 공부들도 많이 했고, 다들 잘살았다는 자랑을 전설처럼 퍼뜨리는 이들도 많았는데 더 불쌍하게 보이는 것이었다. 그런 그들은 현재의 노동일을 비참하게 생각하는 편견으로 자신들을 불행하게 만들고 있는 것 같아 나조차 우울해졌다.

　그러나 나에겐 여러 가지 희망이 있었다. 내 아파트가 없어 피곤한 육신을 쭉 뻗고 쉴 곳이 없다 해도, 내 아이가 내 곁에 없어도 나는 이제는 울지 않을 만큼 현실과 친숙해졌다. 원래의 쾌활한 웃음을 되찾을 만큼 즐거운 공장생활의 연속이 되도록 했다. 먼 훗날 이 날들은 나에게 '장한 너'라고 속삭여 줄 것이다.

　나는 늘 한국인들은 그 명석한 두뇌로 자기 자신에게는 어둡고 엄격하지 못하면서 자기 이외의 타인을 평가하고, 흠을 잡아내는 데는 특이한 재질을 가지고 있는 우리라고 투덜댄 적도 있었다. 그러나 공장에 나오는 모든 사람들은 서로의 처지를 너무나 아끼며 위해 주었다. 내 민족에 대한 지난 시절의 부정적 편견은 좋지 않은 것이었다는 반성을 했다.

어느 날 나는 서툰 솜씨로 미싱을 하다가 바늘에 손을 찔렸다. 나는 나도 모르게 아! 하며 조그만 비명을 질렀는데도 어떻게 알아들었는지 보기에도 야물게 보이는 눈이 동그랗고 예쁜 아줌마가 놀라 다가왔다. 그리고 재빨리 미싱 기름에 손가락을 적셔 붕대로 감아 주었다. 미국에서 공부를 하고, 성공하리라는 꿈이 내 손가락의 핏방울처럼 소멸되어가는 절망으로부터 나를 주워 올려 주기에 충분히 훈훈한 모습이었다. 공장안 사람들은 주인아줌마의 그 호탕한 고함소리가 싫다고 했으나 차가운 위선자는 아닌 것 같아 좋았다. 늘 내 생활이 조심스럽다 보니 공장에서 웃고, 떠들고 하는 그 소음조차도 정다울 때가 있었다. 그것이 일종의 스트레스 해소 방법이 되어 진 것일까.

행복은 그대 곁에

그즈음 나는 공장일이 끝나면 근처 고등학교에서 미국인이 하는 영어 강의를 들으러 가곤 했다. 공부가 끝날 때쯤이면 뱃속에서 쪼르륵 소리가 나곤 했는데 나의 배고픔쯤은 문제가 아니었다. 남편의 귀가 시간에 엇비슷하게 들어가면 시누이들이 없는 텅 빈 아파트가 나를 고즈넉하게 기다려 주었다. 큰시누이가 해놓은 밥통의 밥이 그렇게 맛있을 수가 없었다. 시누님의 그 사려 깊은 배려에 늘 감사하곤 했다. 배가 부른 다음엔 잠이 쏟아졌다.

막내시누이가 선물 가게에서 10시에 퇴근해 오면 큰시누이가 병원에서 12시에 퇴근해 올 때까지 기다린다는 것이 참으로 고역이었다. 그러다가도 그냥 잠에 곯아떨어진 적도 있었다. 아이 생각조차 할 시간적인 여유가 없이 바삐 살게 되었지만 취침 시간은 늘 11시가 넘게 되거나 12시쯤이 되는 것이었다. 초저녁잠이 많은 나는 응접실에서의 생활 중에 이것이 가장 고역스럽고, 고통스럽지 않을 수 없었다. 시누이들도 응접실에서 생활하는 우리 때문에 많이 불편하겠지만 잘 참아 주고 있어 어찌 해볼 방법이 없었다.

어느 날, 나는 나도 모르게 한숨이 나와 버려 그것을 가장 싫어하는 남편한테 호통을 당하자 지금까지의 작은 불만들이 끓어오르기 시작했다. 내 앞에서 큰 소리를 친 적이 한 번도 없었던 남편이었던지라 더 화가 났다. 그것을 참느라고 씩씩거리는 내 옆에서 내 감정에는 아랑곳없이 그냥 쓰러져 잠드는 남편을 노여워 바라보았다. 그런 내 눈에 작은 상처이긴 했지만 나무상자에서 긁힌 것인지 상처가 생기고, 땀띠가 솟은 그의 피곤해 보이는 어깨가 확대되어 들어왔다.

순간 내 목에 뜨거운 것이 울컥 올라오며 눈물을 왈칵 쏟지 않을 수 없었다. 늘 나의 웃고, 행복한 얼굴을 보기를 원하는 남편에게 나는 왜 그렇게 해줄 수 없었는가. 남편에게 우리가 없다면 저렇게 열심히 일해야 할 무슨 의미가 있단 말인가. 나와 아이가 저이에겐 얼마나 중요한 목적이며 보람인가. 힘든 일을 하면서도 내색조차 하지 않고 오히려 즐겁게 일하는 남편에게 깨끗하게 단장하고 퇴근 시간을 기다려 주는 아내는 되지 못할망정 일에 찌든 얼굴은 보이지 말자고 마음속으로 다짐했다. 부부란 몇 억겁의 세월을 돌아서 만난 귀중한 인연이라고 하지 않던가. 나는 미국에 온 것을 깊이 후회하고, 그것은 다 남편 때문이라고 원망하고 있는 것은 아닐까 하는 반성을 했다.

나는 얼음주머니를 만들어 그의 땀띠 위에 놓아 주었다. 마음 한 번 돌리면 지옥도 극락이 된다 하였으니 그렇게 마음을 돌리며 사는 것이다. 아무것도 없던 얼마 전에 비하면 통장의 동그라미는 많이 불어났고, 우리는 조금 부자가 된 것 같지 않은가. 기쁜 마음으로 남편의 건재함에 만세라도 불러야 되지 않는가.

나는 아직 많이 행복한 것 아닌가. 아니 그 쪽으로 생각하려고 노력해야 한다. 행복이란 내가 행복하다고 생각하는 순간에 그곳에 있는 것이다. 또한 가장 노력하는 사람에게 미국은 가장 많은 행복의 가능성을 부여해 줄 것이다.

새로운 보금자리

거울 앞에 서서 두 손을 번쩍 들고 만세! 만세! 만세! 삼창을 큰 소리로 부른다.

미국에서의 나는 늘 나 자신과의 싸움이었다. 나의 위선과 나의 겉치레적인 것과 나의 사치스러움으로부터 나를 겸손하게 끌어내는 힘겨운 노력과 인내심이 내겐 가장 중요한 대목이었는지도 모른다. "남을 이기는 것은 쉽지만 나를 이기는 것은 어렵다."는 것을 알게 되는 시간의 흐름이었다.

뉴욕의 후텁지근한 여름이 찝찔한 습기와 훈기를 몰고 와 선풍기 하나 켤 수 없는 텁텁한 공장의 열기는 땀띠조차 솟게 만들었다. 하나 그런 육체적인 고통은 누구나 그렇듯 어느 누구와도 나눌 수 없는 나만의 것이 되기 마련이었다.

그럴 때 나는 여자로서 내가 꼭 이 길을 택해서 올 수밖에 없었는가 하는 심정이 또다시 되어지는 것이었다. 울컥 한국으로 돌아가 버리면 어떨까 하는 생각이 들기도 했다. 그럴 때면 묵묵히 걸어가고 있는 남편의 성실함을 생각하고, 아내인 나를 행복하게 해주려는 남편의 노력을 위안 삼아 보려고 다시 마음을 다잡았다.

어쩌면 그만큼 미국에서의 나에게는 남편의 사랑만이 중요한 것인지도 몰랐다. 나 자신을 이겨내는 인내만이 내가 해야 할 일의 전부인 것처럼 생각한다 해도 남편의 통명한 태도는 결코 나를 인내할 수 없는 치명적인 것이 되게 할 수도 있었을 테니 말이다. 말 한마디 거칠게 한 적이 없는 남편의 사랑에 감사하며, 나 자신 그의 사랑을 실망시키지 않는 아내가 되고자 자신을 달랬다.

우리는 써니싸이드에 있는 침실 한 개의 아파트를 얻어 이사를 했다. 우리만의 보금자리를 갖게 된 것이다. 오밀조밀 살림살이를 모아다 놓고 마치 새 신부이기나 한 것처럼 신혼기분에 흠씬 젖어 있다. 그리고 서울에서는 그렇게 자상하고, 다정하더니 미국에 와서는 왜 그러느냐고 피곤한 남편에게 서글퍼 하지도 않으리라 한다. 울지 않고, 웃고 살리라 한다. 오직 그렇게 하는 것만이 우리가 선택한 나라인 미국으로부터 내 행복을 빼앗기지 않고 보상 받을 수 있는 길이라는 것을 알기 때문이다. 그저 참기 위한 인생을 사는 것처럼 계속 걸어가고, 걸어가는 것이다.

그러다 보면 맑은 하늘과 구름이 보이고, 시냇물 소리도 들으며 휘이~휘이~ 인생을 한가롭게 비상하는 날도 오리라. 두어 달 후에는 우리 소유의 야채가게를 갖는 계획을 세우고, 차질이 생기지 않도록 마음속 기원을 한다. 그러려면 나 스스로 실천을 해야 될 덕목은 '어려움 속에서 얻은 것만이 더 값진 것이 될 것이다.' 는 진리적 믿음을 버리지 않는 것일 게다.

남편과 인생을 동반하기로 하면서 나 스스로 쉽고, 편한 길을 버리고, 좁은 문을 선택하지 않았던가. 그런 나를 자랑스럽고, 뿌듯해 하는 날이 오도록 노력하는 것이다.

그런 나는 공장에서 남편보다 먼저 돌아와 저녁식사 준비를 할 것이고, 어제도 오늘도 내일도 새 신부처럼 가슴 설레며 문을 열고 남편을 웃는 얼굴로 맞이해 줘야 할 것이다. 그러면 남편은 "오늘도 얼마나 수고했느냐"며 내 얼굴에 뽀뽀를 퍼부어 주겠지. 서로가 고팠던 허기를 채우고, 그날의 즐거웠던 얘기만을 골라 서로 열심히 들어 주고 반성하며 살 것이다. 때로는 뉴저지 어느 동포가 큰 저택을 마련한 대잔치의 소음으로 해서 그곳에서 쫓겨 가다시피 했다는 어이없는 얘기가 우리의 것이 되게 하지 말자고 약속해 보는 것이다.

어설픈 조그만 아파트에 살고 있는 우리는 마치 큰 부자나 된 것같이 즐거워진다.

그리고 내일은 공장에 나가더라도 옆에 앉은 피곤해만 보이는 아줌마가 남편과의 미국생활이 지겹다고 넋두리하지 않기를 빌어 본다. 행복이 가득한 얼굴로 소녀처럼 웃으며 미래를 꿈꾸는 말을 듣게 되었으면 좋겠다. 우리 모두 안심하고, 평안한 내일이 되기를 빈다.

내가 선택한 나라, 미국 2

미국으로 이주해서 살아온 삶이 27년이 되어 간다. 그동안 내 인생을 스쳐간 많은 일들이 있었고, 많은 체험을 했다.

남편은 이민 3년 만에 목돈을 쥐고도 경영이 어렵다는 가구 사업으로 직업 전환을 과감히 시도했고, 지금까지 그 사업을 해오고 있다.

나는 1982년 가을학기에 임신한 몸으로 미국대학 생활을 시작해서 2001년 5월에야 졸업장을 받았으니 내가 생각해도 참으로 끈질긴 인내였다.

미국에 온 지 2년 반 만에 한국에 두고 온 딸아이를 데려왔던 기쁨과 어려움도 내 인생에서는 결코 제외시킬 수 없는 부분이다. 미국에서는 어린이들이 열세 살이 될 때까지는 성인이 꼭 곁에 있어 줘야 하는 법이 있어서 나는 남편과 같이 일을 하지 못해 안타까웠다. 내 꿈과 희망도 안개 속에 잠긴 듯 보이지 않아 답답했다. 영어를 못하는 딸아이였는지라 미국 널 서리에 입학시키고, 그 자투리 시간을 이용하여 학비가 들지 않는 시립대학에 등록을 했던 것은 지금 생각해도 참으로 잘한 일이었다. 아침마다 부지런을 떨며 아이를 챙겨 부리나케 널서리에 맡기고, 지하철을 두 개나 갈아타며 강의를 들으러 갔고, 오후 3시에는 아이를 다시 데려와야 했던 참으로 부산했던 시간과의 투쟁이었다.

첫 학기에는 풀타임으로 영어를 해야 했으므로 정규 과목을 택할 수 없어 안타까웠다. 두 번째 학기에도 그랬으나 그 다음 학기에는 스페니쉬와 철학을 택했더니 ESL 지도교수는 "우선 영어부터 하고 하라."는 조언을 해주었다. 그래도 나는 포기하지 않았고, 과감히 앞으로 나가 다른 과들을 택해 열심히 공부했다. 스페니쉬는 A$^+$를 받았고, 철학은 아무래도 영어 논술을 많이 써내야 했으므로 B학점을 받았지만 정말 신나게 공부했었다.

그래도 아이가 뱃속에 있을 때는 편하게 공부한 편이었는데 기어 다니게 되니 보통 어려운 게 아니었다. 풀타임으로 공부하기는 어려워 주말에 하는 패션 스쿨로 옮겨서 다녔으나 그것도 쉬운 것은 아니었다. 엄마로서 자녀를 키우는 것만큼 중요한 것은 없을 것이기에 공부에 대한 열정을 놓았다, 들었다 하며 결승선에까지 도달했던 것은 나만이 알 수 있는 애로사항을 많이 겪은 뒤였다.

둘째인 아들아이가 두 살 반이 넘게 되자 토요 한국학교에 두 아이를 데리고 가서 딸과 아들은 학생이 되었고, 나는 교사가 되어 십년이 넘게 배우고, 가르치기를 계속하여 두 아이는 지금 한국말을 제법 잘하고 있다.

그동안 남편은 돈이 좀 모이려 들면 가구점을 한 개씩 오픈하여 빠른 성장을 했고, 동포 사회에서 가장 큰 가구점을 경영한다고 했으나 쉬운 일은 없듯 그 일도 마찬가지였다. 가구점 쇼룸은 큰 장소가 필요해서 2만 스퀘어 피트 이상 되고 보면 렌트비도 엄청난 것인데 몇 개의 가게 렌트비, 인건비, 차량비 등등의 매달 운영비만 해도 나는 숨이 막힐 것 같았다.

10년 전에는 한국에서 살고 있는 시댁 쪽 사촌동생이 미국으로의 이주를 결심, 플러싱 아주 좋은 장소에 가구점을 차려 주었는데 운영이 부진하다 보니 한국으로 돌아가 버렸고, 그 모든 책임을 우리가 떠맡게 되어서 어려운 고초를 겪기도 했다. 집과 콘도를 부랴부랴 팔아 벌려 놓은 물건값이며 세금을 처리하느라 무척 애를 썼으나 잘 넘긴 것 같고, 이 만큼이나마 굳건해진 것은 전화위복이니 천지ㆍ부모ㆍ동포ㆍ법률님들의 지극한 은혜 덕분이다.

해린이와 영우가 건강한 몸과 마음으로 열심히 일해서 자립해 준 것이 제일 고맙고, 대견하다.

우리의 인생은 언제나 시험대 위에서 흔들리고, 파도 위의 배와 같다. 그 폭풍을 견디고 살아남았을 때의 희열을 생각해 보라.

그런 안간힘 쓰던 날들이 있었기에 깨달음을 얻고, 이만큼의 삶
에 감사하게 되며, 현재에 만족하며 웃을 수 있는 것이리라.

뉴욕의 삶, 인생에 대한 발견과 깨달음의 미학

鄭木日

(수필가, 한국수필가협회 이사장)

수필은 인생의 고백, 마음의 토로이다. 자신과의 소통을 통해 자아를 발견하며 세상과도 소통한다. 풀벌레가 밤새도록 우는 것은 자신의 존재를 알리려는 의도이다. 우주 한복판에 안테나를 세워놓고 끊임없이 발신음을 보내는 것은 세상 어느 곳에서 단 하나의 수신자를 만나기 위한 것이다.

수필도 자신의 마음과 인생을 토로하면서 독자들과 소통하려 한다. 마음을 털어내야 홀가분해지고 맑아진다. 마음을 나눌 수가 없으면 진실한 관계가 되지 못한다. 시, 소설, 희곡 등 상상을 토대로 한 문학은 허구를 통해 소재를 끌어들이지만, 수필은 자신의 체험을 소재로 한다. 픽션은 상상과 흥미를 통한 소통장치라면 논픽션은 사실과 진실을 통한 소통장치이다.

사람들은 날마다 거울을 보고 산다. 제 얼굴을 가장 잘 아는 이는 말할 것도 없이 자신이다. 그런데도 거울과 사진을 보지 않은 채 자화상을 그리기는 실로 어렵다. 타인의 얼굴을 그리는 것이 더 쉬울지 모른다.

'나는 과연 어떤 존재인가?' '인간은 무엇인가?'

이런 물음은 인간이 풀 수 없는 마지막 질문이다. 논리와 과학, 종교와 철학으로도 알 수 없다. 수필쓰기는 삶에 대한 성찰과 인생에 대한 깨달음이다. 자신을 알지 못하면 타인을 알 수 없으며 세상과도 제대로 소통할 수 없다.

수필의 소재는 신변잡사일 때가 많다. 사람들의 일상은 대개 특별하거나 화려하지 않고 평범함, 사소함 속에 있다. 신변잡사를 소재로 할 때는 생활경험의 금싸라기이어야 한다. 피천득은 「순례」라는 작품에서 '문학은 금싸라기를 고르듯이 선택된 생활 경험의 표현이다. 고도로 압축되어 있어 그 내용의 농도가 진하다.'라고 했다. '생활 경험의 금싸라기'를 골라내는 인생적인 안목이 필요하며 마음의 경지가 있어야 한다.

김명순 씨는 전북 정읍 출생으로 1980년 도미하여, 30년간 미국에서 살아온 중견 수필가이다. 1990년 뉴욕 <한국일보> 신춘문예 수필당선자로서, 미국동부 한국문협 수필분과위원장, 부이사장, 부회장을 역임했다. 이런 경력을 보더라도 김명순 씨가 본격적인 수필창작에 얼마나 열중해왔는가를 짐작할 수 있다. 그동안에 출간된 저서만도 『영혼의 불』『낯설게 사는 하루』『뉴욕, 그리움』『뉴욕, 삶과 사랑의 풍경』 등 5권이 있다. 이번에 출간되는 수필집 타이틀을 『뉴욕, 삶과 사랑의 풍경 2』으로 정한 것을 보면, 공간적으로 '뉴욕', 시간적으로 '사랑'과 그 모습을 담아낸 것을 알 수 있다. 뉴욕에서 미국교포로서 이민자로 살아오면서 한국인의 문화정체성을 잃지 않고 미국문화 속에 당당하게 살아가는 모습과 사랑을 보여준다.

한국인의 해외 이민사는 1백주년이 넘는 역사를 기록하고 있다. 그러나 아직도 재미 수필가들이 한국에서의 성장기와 자연풍물, 부모와의 이별과 그리움을 즐겨 다루는 것을 본다. 김명순의 수필은 이런 회고, 토로조의 소재에서 벗어나 자신이 뿌리박고 살고 있는 삶의 중심, 뉴욕에서의 생활과 사랑에 대해서, 다인종 다문화의 종합장과 같은 이곳에서 한국인으로서의 삶과 지혜를 펼치고 있다는 데서 가치를 발하고 있다.

복구풍의 회고는 그리움의 원천이지만, 이제는 현실과 미래를 통찰하면서 현재의 삶과 자신의 모습을 형상화하는 쪽이 더 가치 있다고 할 것이다. 한국 수필가들이 체험할 수 없는 귀중한 체험의 형상화는 한국문학의 세계화에 이바지하는 일이 된다.

김명순의 수필에 있어서 가장 두드러진 특성을 든다면 고백, 토로, 하소연, 에피소드, 감상에 그치지 않고 삶에 대한 발견과 의미부여를 통한 깨달음에 두고 있음을 본다. 이것은 진정한 수필관을 갖고서 개인사적 기록 차원을 넘어서 사상과 철학을 접목시켜 나가고 있다.

이로써 수필이 서정적 이미지, 서사적인 전개로 그쳐져 버리고 마는 것에서 벗어나 보다 사유의 깊이와 공간성을 확대하는 계기를 만들고 다양성을 넓히고 있음을 본다.

이민 초 학군이 좋고 미국인이 많이 살고 있는 앨버슨으로 이사를 했는데, 아침이면 새 한 마리가 침실 창가의 꽃나무 가지에 놀러 오고는 했다. 붉은 털이 앞가슴을 수북이 덮고, 제비보다는 크고 통통하게 잘생긴 라빈이라는 새였다. 그 새를 보고 하루를 시작할 때면 좋은 친구가 생긴 듯 외롭지 않았고, 유쾌해서 마음의 대화를 나누어 보기도 했다. 지금도 그 새는 잊지 못할 마음의 새가 되어 내 영혼의 둥지 위에 날아와 앉고는 한다.

마음이 답답하고 번다할 때면 푸른 하늘을 날아다니는 새들을 바라보는 것으로 마음을 달래는 것은 그 때부터 생긴 버릇일 것이다. 생존에 맞물려 돌아가는 삶이 목을 조일 때마다, 모든 애착에서 벗어나 한 마리 새가 되고 싶다는 부질없는 소망을 마음의 새로 시원하게 날려 보낸다.

그럴 때면 불현듯 그리움이 솟는다. 바람처럼 스쳐지나왔던 과거의 것들이 되살아나 다가온다. 비행기를 타면 어디든지 금방 갈 수 있다지만 현실적으로 쉬운 일은 아니다. 그러니 마음의 새를 고향으로, 추억으로, 보고 싶은 사람들에게로 무작정 날려 보내는 것이다.

　'날으는 것이 모두 새라면/ 바람에 나는 나뭇잎들이 모두 / 새가 되네요/ 내 마음도 공중을 날아/ 당신에게 갔으므로/ 나도/ 새가 되네요' 라고 읊다가 종장에는 '마음의 새는 새가 아닌 데요/ 기별 없는 새는 새가 아닌데요.'
라고 썼던 최정자 시인의 심정과 마주치게 되기도 한다.

　빛은 초속 삼십만 킬로미터로 우주의 지평선을 향해 달리고, 새들은 하루에 여덟 시간 내지 열 시간씩 사백에서 오백 킬로미터씩 날아서 수천, 수만 킬로미터까지 간다고 한다. 하나 내 마음의 새는 그것들보다 훨씬 더 빨리 날 수도 있는데 마음의 새는 새가 아니라 하니 섭섭하다. 육안으로 볼 수 있는 새만이 새라고 하면 더 높이 날아가는 내 마음의 새는 허망하고, 서글픈 새에 불과하지 않은가.

　모친이 외롭게 사시다가 오년 전에 돌아가시게 됨에 마음의 새만 고국으로 자주 날렸던 자신을 질책하며 한동안 가슴을 앓았다. 돌이켜 보니 마음의 새를 수없이 날렸던 안타까움 또한 그것대로 의미가 깊었고, 그리움의 탑을 쌓은 심적 교류가 시공을 초월한 경지에 이르렀음에야. 어머니는 내 그리움 속에, 나는 어머니의 따뜻한 가슴속에 살며 서로를 달래 주며 지탱해 주지 않았던가.

　생애에 단 한번, 종달새나 나이팅게일도 따를 수 없는 아름다운 소리를 내기 위해 날카로운 가시에 찔려 죽어 간다는 가시나무 새. 가장 훌륭한 것은 가장 위대한 고통을 치러야 비로소 얻어지는 인생의 해답이다.

내 온전한 삶 하나를 지키기 위해 나를 죽이며, 그 새의 목숨 거는 흉내라도 내볼 수 있었던 것은 마음의 새라도 부질없이 날려 보낼 수 있어서가 아니었던가.

인생이란 죽는 날까지 장담 못하는 것. 숙성된 인격을 위해 쓰디쓴 인내를 감수해야 한다. 미지수로 남아 있는 세월이지만 온갖 고난을 참고 견디어 새처럼 가벼워져야 하는 것이 아닌가.

-「마음의 새」 일부

「마음의 새」는 김명순 수필의 진면목(眞面目)을 보여준다.

우리는 새를 볼 때 자유, 동경, 희망, 그리움을 생각한다. 생명체 중에서 시간과 공간을 최상으로 확보하면서 살아가는 존재가 철새들이다. 또한 하늘, 물, 땅을 자유자재로 날고, 헤엄치며, 거닐 수 있는 존재는 철새들이다.

한 번 하늘에 오르면 3~4일을 날아서 기착지에 도착해야 하는 철새들의 비상은 극한의 고독과 인내가 있어야만 가능한 일이다. 하늘을 자유로이 날기 위해선 목표점이 분명해야 하며, 가고자 하는 길을 알아야 한다.

이민자들은 철새들처럼 고국을 향해 머리를 두고 그리움을 날려 보내고 있다. 그러나 현실에 뿌리박고 적응하는 텃새가 되지 않으면 안 된다. 가장 훌륭한 것은 가장 위대한 고통을 치러야 비로소 얻어지는 것이며, 시간과 공간, 삶과 죽음, 고향과 타향. 순간과 찰나도 마음의 교류를 통해 만날 수 있으며, 이 순간의 최선이야말로 삶을 꽃피우는 자각이 아닐 수 없음을 저자는 말해주고 있다.

인간이 하늘에서 나는 새를 보며 살게 한 것은 새처럼 뼛속까지 비우고 유유자적하는 인생을 살라는 창조주의 배려가 아니겠는가 싶다.

소파에 앉아 나뭇가지 사이를 이리 저리 날며 이파리들을 희롱하는 새들의 몸짓을 본다. 가볍다. 아기자기 속삭이는 사심(私心) 없는 친구들과 놀이를 하고 있는 듯 흥겨워 보인다. 호로롱 호로롱, 맑은 새의 목소리가 온갖 걱정 근심일랑 노래 소리에 날려 보내고 참 자유인이 되어 날아 보라고 간청하고 있는 듯하다.

하늘과 땅 사이에 숨어 사는 내 마음의 새는 어느새 날개를 펴고 푸른 창공을 향해 훨훨 날아오른다.

―「마음의 새」일부

하늘을 자유롭게 날 수 있으려면 마음을 비워 새처럼 뼛속까지 비워야만 유유자적 할 수 있다는 깨달음은 달관의 삶과 마음의 경지를 얻고 있음을 보여준다.

죽으면서 다시 살아난 사람들의 생이 그리워진다. 위대했던 인생(人

生)은 해바라기의 충직성과 우직함을 지녔다. 민족과 인류를 위해 생을 헌신했던 사람들이다. 세종대왕, 이순신 장군, 간디, 슈바이처, 마더 테레사 등의 이름들이 떠올려진다.

자기 가족을 위해 희생하는 것조차 어려운 나 같은 소인에게는 이분들의 생애가 하늘의 별빛처럼 멀고, 영롱한 것이다. 쳐다보기에도 송구해지는 그분들의 생애는 어둠 속에서도 빛을 발하는 가로등 같다. 그런 분들이 계셨기에 후세대인 우리는 이만큼이나마 행복을 누리고 있는 것이리라.

얼마 전 신문에 보니 반기문 유엔사무총장이 2009년 5월 21일 존스 홉킨스 국제관계대학원 졸업식에 참석, 기념축사를 하면서 "공공에 봉사하는 삶보다 고귀한 것은 없습니다."라고 했다. 현시대의 가로등 같은 분의 말씀이어서 잊혀지지 않는다. 그분의 빛이 오래 동안 사라지지 않기를 빌어 본다.

한번 와서 살다가는 인생이지만 바르게 살고 선하게 행동하다 죽는다면 가로등 불빛 같은 거룩한 이는 못 되어도 세상의 욕은 먹지 않을 것 같다. 정직하고, 착하게 사는 것이 비굴하게 얻어진 부귀영화보다 나을 것이라 싶다.

오늘밤도 가로등 불빛은 여여(如如)하게 거리를 비추고 있다. 키가 멀쩡하게 크고 잃어버린 사랑의 열정을 밤의 불빛으로 피워내는 듯한 해바라기 모습으로 미소를 띠우고 있다.

―「가로등」 일부

'가로등'을 봉사자로 이인화법으로 봉사와 희생으로 공동체 사회를 건전하고 아름답게 발전시켜 가는 위인, 봉사자들의 삶을 찬양하며, 자신의 삶과 결부하여 부끄러움이 없는 생활인의 자세를 가다듬고 있는 글이다. 가치 있고 의미 있는 삶이란 어떤 것인가에 대한 인생관과 성찰이 드러나 있다. 어둠을 밝히는 가로등과 같은 위인이나 봉사자들이 있기에 우리 사회는 사랑의 온기가 감돌고 용기와 협력의 마음이 뻗어나가면서 꿈과 성취가 영글어 간다.

권력자는 권력이 없는 사람을 위해, 부자는 빈자를 위해, 정상인은 장애자를 위해, 지식인은 무식자들을 위해 자신이 가진 것을 베풀고 나눠야 함에도 불구하고 오히려 과시하고 자신보다 못한 처지의 사람들을 무시하려는 태도를 갖기도 한다.

「가로등」은 물질만능과 극단적인 이기주의에 빠져있는 현대인들의 삶에 반성과 봉사의 미덕을 일깨워주는 마음의 등불이다.

어머니는 오랫동안 고쟁이까지 하얀색 일색으로 흰 옷만 입고 계셨다. 단정하게 옷매무새를 갖추고 아버지의 영정 앞에 정화수를 올리던 어머니는 그리스 신전의 제사장처럼 경건했다. 아마 어머니는 치성(致誠)을 드리면서 아버지의 부활을 꿈꾸고 계셨던 것은 아니었을까. 한 여인이 견디기에는 너무 무거워 하늘과 땅이 하얗게 맞닿아 버렸다던 암흑의 슬픔이 하얀색을 수호(守護)하는 것만으로 감당이 되었을까.

어머니가 흰옷을 입고 외출할 때면 동네 사람들은 "얼마나 애통하십니까?"라며 고개 숙여 경의를 표했다. 고통의 바다에 숨어 있던 소설『흰 고래』(허만 멜빌)의 모비 딕이 하얀 물줄기를 내뿜으며 나타난 듯 사람들은 경직하여 소복 입은 여인에게 자비의 눈길을 보내었다. 성스럽고 맑은 품성을 지닌 성의(聖衣) 같은 흰색으로 몸을 감고, 정절의 끈을 놓지 않았던 어머니는 딸 여섯을 온전하게 키워 주셨다. 참 장한 일이었다. 아마 어머니의 하얀 옷이 희망이란 부적을 숨겨 어머니를 강하게 지탱해 주었을 것이라 믿는다면 억지일까.

어머니를 한 마리 학처럼 고아(高雅)하게 우러러 보며 자랐던 나는 어머니의 하얀 자태를 떠올릴 때면, 아툼(Atum)이 사정한 흰색의 정액에 의해 이 세상이 시작되었다고 믿었던 이집트인들이나, 하얀색은 깨달음을 향해 올라가는 '세계의 중심에 있다는 수미산의 빛깔'이라고 믿었던 티베트인들처럼, 흰색을 신이 선택한 최고의 색깔이라고 믿는다.

고행을 넘어섰던 신라 최초의 불교 순교자, 이차돈의 목에서 흘렀다던 하얀 피가 어머니의 몸속에도 흐르고 있지는 않았을까. 영과 육이 인간의 본능적 욕망 앞에서 꿈틀거림을 멈추고 하얀색의 꿈으로 돌아날 때 신(神)은 그 몸속에 하얀 피를 수혈해 준다는 의미를 지닌 것은 아닐까. 그래야 하얀색이 인간을 신의 영지(靈地)로 주재하는 힘을 지녔다고 말할 수 있을 그 지선(至善)의 경지가 궁금해진다.

종교 회화나 만다라(Mandala)에서조차 가장 순수한 빛의 색으로 하얀 공간을 의도적으로 비워(虛) 상생을 희구한다는 색. 그 흰 색깔의 기도복을 한 벌 해 입고 싶다. 내 힘은 미약하지만 세계 평화를 위해, 죄 없는 생명들이 전쟁터에서 가치 없는 피를 흘리지 않도록 하얀색의 숙연함으로 빌어 보고 싶다.

죽음조차 희망의 믿음으로 바꿔주던 하얀색의 신비가, 그 안에 지닌 초월적 힘과 의지가, 이 우주의 만생령(萬生靈)을 살려 주고 이 땅의 혼탁함을 정화시켜 줄 수 있는 위력을 베풀 수 있는 있을 것이라는 기대를 한다.

그것이 인류를 위해 줄 수 있는 내 작은 희원이 될지라도 나는 흰색에 대한 믿음을 희망처럼 간직하고 싶다.

―「하얀색의 신비」 일부

「하얀색의 신비」는 흰색에 대한 분석적인 탐구와 색채 미학을 담은 이색적인 작품이다. 흰 색은 숭상이 드러나는 관혼상례 등 통과의례를 비롯하여 신화, 신앙, 삶에서의 여러 현상과 전통적인 의식에서 그 신비를 찾아보려 했다.

특히 한국인은 다른 민족보다 흰빛에 대한 숭상이 짙었으며 조선 5백년간에는 의생활에 있어서 흰 옷의 선용이 많아 백의민족이란 말을 들었다. 도자기 예술에 있어서도 세계에서 유일하게 백색 탐구에만 바쳐진 희귀한 모습을 보였다. 아기가 태어나면 보통 흰 빛의 옷을 입혔고, 돌아갈 때 입는 수의도 백색인 경우가 많았다. 백색은 정화와 구원과 영원의 빛으로써 의식돼 왔다. 모든 색을 포용하고 모든 색채의 근원이 되는 바탕색이 아닐 수 없다.

김명순 수필에서 품은「백색의 신비」는 곧 생명과 영원의 신비를 말해 주며 혼탁과 혼돈, 더러움과 무질서를 정화, 순치시켜서 항상 새롭고 정결한 세상을 만나기를 희원하는 것이 아닐 수 없다. 우리는 백자 항아리에서 달빛과 같은 은은하게 눈부시지 않게 마음을 채워주는 맑은 고요의 도취를 맛본다. 김명순의 수필에서도 이와 같은 달빛 어린 마음의 은유와 투영이 있어 반갑다.

김명순 수필은 작가 자신의 삶의 흔적이요, 반영인 까닭에 신변잡사적인 모습도 드러나고 있다. 자녀교육에 있어서 부모와 자녀가 가고자 하는 진로가 다를 때가 있다. 자녀가 바라는 길로 가도록 선택권을 주면서 협조해 나가는 모습과 가족간의 조화와 협력을 위한 사랑의 배려와 헌신이 마음을 끈다.

김명순의 수필에서 보여준 삶의 테마는 '사랑'이며, 그 인생은 사랑의 풍경과 투영물이 아닐 수 없다. 이 수필집에 비춰진 사랑은 자연과 인간, 시간과 공간, 순간과 영원을 아우르는 최선의 노력으로 피어낸 깨달음의 꽃이다. 모든 존재와 관계에 삶의 의미로서 꺼지지 않는 '사랑'이란 촛불 하나를 온 일생의 집중력으로 밝혀놓으려 했다. 김명순은 뉴욕 삶의 한복판에 '사랑'이란 촛불을 우주 중심으로 삼아 반듯하게 세워 놓은 것을 본다.

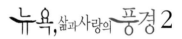
뉴욕,삶과사랑의 풍경 2

2009년 11월 20일 1판 1쇄 발행

지은이·김명순 | 발행인·이선우 | 펴낸곳·도서출판 선우미디어
등록 | 1997. 8. 7 제300-1997-148호
110-070 서울시 종로구 내수동 75 용비어천가 1435호
☎ 2272-3351, 3352 팩스: 2272-5540 sunwoome@hanmail.net

Printed in Korea ⓒ 2009. 김명순

값 10,000원

ISBN 89-5658-230-5 03810